はじめに

『プレバト!!』というテレビ番組の影響もあってか、若い人たちの間で俳句が密かなブームになっているらしいのです。書店の棚にも、これから俳句をやってみようかという人たちのための入門書がいくつも並んでいます。どの本にも、季語の話、五七五という定型の話、添削例などが懇切丁寧に説明されています。

そうした本を手にしたときに思ったのは、まったくの俳句初心者である読者が、これでうまく俳句を作れるようになるだろうかということでした。それが、この本を作ってみようと思うきっかけになりました。

この本は、俳句を作る技術的なことにはほとんど触れていません。俳句に興味を持った読者（今、これを手にとってくれたあなたです）に、まず、今までに詠まれたたくさんの俳句、その中から、佳句・名句として今日まで残っている作品に触れてもらいたいと思いました。

闇雲に、自分流に五七五をひねり出す前に、先人たちの作品に触れて、好きな俳句や好きな作家をみつけてもらえるといいと思いました。それだけでもかなり上質な知識や教養を身につけることが出来ますけれど、そうした作品に触れたことが、実作に向かおうとするあなたの道しるべになってくれるに違いないと思っています。

ただ単に並べられた俳句を読むだけだと退屈ですから、あなたの知識欲と知的好奇心を刺激しようという思いから、「クイズ本」という形にしてみたわけです。まずは当てずっぽうでもいいので答を考えてみてください。次に、ヒントを参考にしてもう一度考えて、それから解答と解説に進んでいく、それが私が望むこの本の正しい読み方です。

気に入った俳句が見つかったら、何度も声に出してみるといいと思います。ルビをたくさん振りました。音読すると、あなたのお気に入りの俳句は、あなたの中にいつまでも消えずに残ることになるはずです。言葉やリズムを楽しむうちに、いつの間にか、自分の思いを俳句にしている自分に気が付きます。

俳句は「遊び」です。しかし、「遊び」だからこそ一生懸命にやらないとおもしろくありません。そんな「遊び」が、あなたの人生に新たな楽しみをもたらしてくれることを祈りながら、この本を書きました。

令和五年二月

中村千久

俳句と遊ぼう——目次

装丁・装画　南伸坊

俳句と遊ぼう

春の句

1 （　　　　）より空《そら》にやすらふ峠《とうげ》かな　松尾芭蕉

ア 鷗《かもめ》　イ 蝶々《ちょうちょ》　ウ 蜻蛉《とんぼ》　エ 雲雀《ひばり》

2 毎年《まいとし》よ（　　　　）に寒《さむ》いのは　正岡子規

ア 卒業式《そつぎょうしき》　イ 八十八夜《はちじゅうはちや》　ウ 彼岸《ひがん》の入《いり》　エ 弥生《やよい》の頃《ころ》

3 白酒《しろざけ》の（　　　　）の如《ごと》くにつがれけり　高濱虚子

ア 川《かわ》　イ 砂《すな》　ウ 紐《ひも》　エ 文字《もじ》

4 恋猫《こいねこ》とはやなりにけり（　　　　）に泥《どろ》　阿波野青畝

ア 脚《あし》　イ 首《くび》　ウ 鈴《すず》　エ 髭《ひげ》

5 少年《しょうねん》の見遣《みや》るは（　　　　）鳥雲《とりくも》に　中村草田男

ア 煙突《えんとつ》　イ 校舎《こうしゃ》　ウ 仔馬《こうま》　エ 少女《しょうじょ》

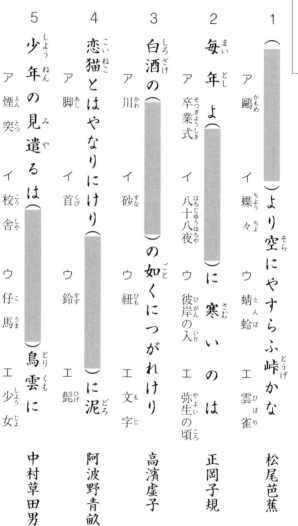

6　春《はる》浅《あさ》き（　　）の空《そら》の飛《ひ》行《こう》雲《ぐも》　三好達治

ア　麒《き》麟《りん》　イ　子《こ》供《ども》　ウ　鳶《とんび》　エ　駱《らく》駝《だ》

7　ひし餅《もち》の（　　）は誰《た》が思《おも》ひなる　細見綾子

ア　あの味《あじ》　イ　三《さん》角《かく》　ウ　三《さん》色《しょく》　エ　ひし形《がた》

8　伊《い》豆《ず》の海《うみ》（　　）さすときに桃《もも》の花《はな》　沢木欣一

ア　梅《うめ》　イ　紺《こん》　ウ　蜂《はち》　エ　指《ゆび》

9　（　　）うぐひすいろの二《に》月《がつ》かな　久保田万太郎

ア　粉《こ》ぐすりの　イ　鳴《な》く鳥《とり》の　ウ　吹《ふ》く風《かぜ》の　エ　餅《もち》はみな

10　斯《か》く迄《まで》に（　　）ものか春《はる》の水《みず》　高濱虚子

ア　幽《かそけ》き　イ　囁《ささや》く　ウ　冷《つめ》たき　エ　流《なが》るる

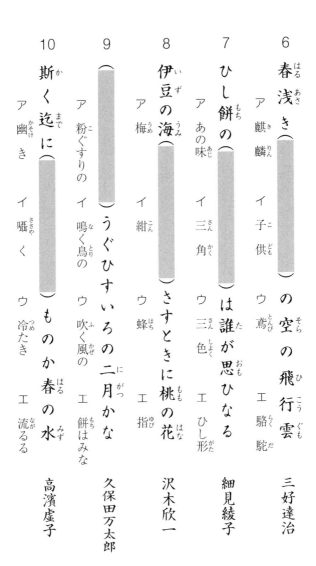

【ヒント】

1 『川の流れのように』を歌った歌手の名前は？
2 「暑さ寒さも」と言いますね。
3 女性を働かせてお金を貢《みつ》がせるイヤな奴は？
4 「○○を転がすような声」「○○を張ったような目」
5 思春期ですね。胸がキュンとなる句です。
6 むち打ち症にならないかと心配になります！
7 トランプの赤いマークにありますね。
8 青と紫を混ぜてください。
9 最近はピルやカプセルになってしまってあまり見かけないものです。
10 擬人法を使った俳句です。春の小川のひそひそ話のようです。

1 エ 雲雀 芭蕉が奈良の吉野に向かう途中の臍峠《ほそとうげ》で詠んだ句。『笈《おい》の小文《こぶみ》』という紀行文集に記録があります。はるばる登ってきた峠の上で休憩したのです。その峠は高く、雲雀はピーチュルピーチュルと囀りながら空高くに舞い上がりますが、作者が休む峠はさらに高いと言っているのです。下の方から雲雀の声が聞こえているのです。

2　ウ　彼岸の入　俳句というよりは誰かの言葉のような感じがしませんか。その通りで、作者の子規はお母さんがよく口にする言葉をそのまま俳句に仕立てているのです。「暑さ寒さも彼岸まで」という言葉がありますが、お母さんの八重はそれをこんなふうに、おそらくのんびりとした古里の松山の言葉で言ったのです。

3　ウ　紐　三月三日の雛祭に供える白酒です。普通のお酒とは違って味醂《みりん》がベースになっているので、甘みも強く、白くとろりと濁っています。提子《ひさげ》に入れたその白酒を、朱塗りの小さな盃に注ぐのですが、虚子は、そのときの白酒のとろとろと流れ落ちる様子を、まるで紐のようだと感じたのです。

4　ウ　鈴　猫にとって春は恋の季節です。「猫の恋」が春の季語なのです。夜になるとわおーんわおーんと鳴き交わしたり、家の周りをバタバタと駆け巡ったりします。オス猫はメス猫を争って喧嘩もします。作者の青畝《せいほ》の眼は、傷だらけになり、泥だらけになって戻ってきた恋猫の首に下がっていた、泥のついた鈴を見逃しませんでした。

5　エ　少女　「鳥雲に」が春の季語です。春になって北を目指す渡り鳥が、だんだんと小さくなって雲の彼方に消えてゆくのです。どんどんと手の届かないところに行ってしまいます。この少年が見ているのは何でしょう。眺めているだけで手の届かない少女の姿、そんな切ない思いを詠んでいます。

6　ア　麒麟　早春の一日です。見上げる春の空には飛行機雲が残っていたのです。作者は勿《もち》論《ろん》空を見上げているのです。作者の視線を空へ向けたものは何だったのでしょう。それは動物園にいるあの長い首を持つ動物を見上げたからなのですね。そこに広がる春の空を、詩人である達治は「麒麟の空」と上手に表現しました。

7　エ　ひし形　作者の細見綾子は、誰もが不思議に思いながらもそのままにしていることをよく俳句に詠んでいます。綾子の句は、中学の国語の教科書にも載っています。お雛様に供える「ひし餅」。それがあんな形をしているのは、いったい誰の思いが籠められたものなのだろう、誰が考えたのだろう、と詠んでいるのです。

8　イ　紺　この句に使われている「さす」の意味が分からないと難しいと思います。これは「ある物に色を加える、いろどる」という意味です。それが分かれば答は一つしかありません。「桃の花」という春の季語を取り合わせて、桃色と紺色という二つの色を対照させて、美しい句にしています。

9　ア　粉ぐすりの　久保田万太郎の本業は劇作家でしたが、俳句も達者で「春燈」という俳句結社の主宰でもありました。春の風邪でも引いたのでしょうか。昔の薬は今のようにピルやカプセルではなく、薬包紙《やくほうし》に包まれた「粉ぐすり」でした。包みを開いたときのそのうぐいす色に、春らしさを、初春の気配を感じているのです。

10　イ　囁く　文部省唱歌「春の小川」に、「春の小川はさらさら行くよ」という歌詞がついています。寒さがゆるんだ頃にふと聞き留めた小川のせせらぎの音、いつまでも流れ続ける音を聞き留めた作者は、川の音がささやいているようだと感じました。「斯く迄に」というのは「これほどまでに」という意味ですね。

夏の句

1　風流《ふうりゅう》の初《はじ》めや奥《おく》の（　　）　　松尾芭蕉

ア　田植歌《たうえうた》　イ　夏芝居《なつしばい》　ウ　夏《なつ》の風《かぜ》　エ　盆踊《ぼんおどり》

2　さみだれや（　　）前《まえ》に家《いえ》二軒《にけん》　　与謝蕪村

ア　大河《たいが》を　イ　田圃《たんぼ》の　ウ　旅籠《はたご》を　エ　わが行《ゆ》く

3　やれ打《う》つな（　　）が手《て》をすり足《あし》をする　　小林一茶

ア　蟹《かに》　イ　蟬《せみ》　ウ　蚤《のみ》　エ　蠅《はえ》

4　金亀子《こがねむし》擲《なげう》つ（　　）の深《ふか》さかな　　高濱虚子

ア　穴《あな》　イ　業《ごう》　ウ　闇《やみ》　エ　夜《よる》

5　（　　）のゆるめば死《し》ぬる大暑《たいしょ》かな　　村上鬼城

ア　緊張《きんちょう》　イ　念力《ねんりき》　ウ　鉢巻《はちまき》　エ　褌《ふんどし》

6　神田川《かんだがわ》（　　　）の中《なか》をながれけり　久保田万太郎

ア　花火《はなび》　イ　祭《まつり》　ウ　夕《ゆ》立《だち》　エ　夜《よ》店《みせ》

7　蜥蜴《とかげ》照《て》り肺《はい》（　　　）とひかり吸《す》ふ　山口誓子

ア　きりきり　イ　てらてら　ウ　ひこひこ　エ　ぷるぷる

8　谺《こだま》して山《やま》ほととぎす（　　　）　杉田久女

ア　一羽《いちわ》二羽《にわ》　イ　遠近《おちこち》に　ウ　鳴《な》き終《おわ》る　エ　ほしいまゝ

9　蜜《みつ》豆《まめ》の寒《かん》天《てん》の稜《かど》の（　　　）よ　山口青邨

ア　うれしさ　イ　美味《おい》しさ　ウ　涼《すず》しさ　エ　確《たし》かさ

10　（　　　）甲斐《かい》も信濃《しなの》も雨《あめ》の中《なか》　飯田龍太

ア　かたつむり　イ　草《くさ》いきれ　ウ　さくらんぼ　エ　熱帯魚《ねったいぎょ》

【ヒント】

1 農村地帯で聞こえてきた声です。
2 昔からこの場所のそばにいる人は洪水に悩まされてきましたね。
3 一茶は「やれ打つな」と言いますが、「○叩き」が欲しくなるものです。
4 「一寸先は○」という言葉がありますね。
5 一心不乱、集中力が必要なものです。
6 「夏○」「○笛」「雛○」「祇園○」、共通する一語は何ですか？
7 細かく動く様子をいう言葉。あまりお目にかからない表現です。
8 「思う存分」「好きなだけ」という意味ですね。
9 「蜜豆」も夏の季語です。透明な寒天から何を感じますか？
10 「でんでんむし○○○○、お前のあたまはどこにある♪」

1 ア 田植歌　松尾芭蕉は元禄二年（一六八九）に河合曽良《そら》とともに、有名な『おくのほそ道』の旅に出ました。「みちのく」と呼ばれた奥羽地方への旅です。四月には白河の関を越えていよいよ目的地に踏み入ります。このときの「風流の」旅の初めの記念として、辺りの田んぼから聞こえてきた明るくのどかな「田植歌」を一句の中に残したのです。

2 ア　大河を　「さみだれ」は梅雨時の長雨のことです。「五月雨」とも書きますが、これは旧暦での呼び名ですから、現在の暦だとひと月遅れの六月ということになります。蕪村は、増水した川を前に孤立しているたった二軒の家を詠みました。ごうごうと流れる水音を聞く住人はさぞかし心細い思いをしていたことでしょう。水墨画のような景色が描かれています。

3 エ　蠅　〈膝の子や線香花火に手をたゝく〉〈大根引大根で道を教へけり〉など、子どもでも分かるような句を作った一茶ですから、この句もどこかで見たことがあるものだったのではありませんか。一茶は生涯に二万句以上の俳句を作った人で、その人生は波乱に富んだものでした。田辺聖子の『ひねくれ一茶』、藤沢周平の『一茶』はお薦めです。

4 ウ　闇　夏の夜に、どこからか灯りを求めて迷い込んできた「金亀子」です。私たちの日常でも経験することですね。ブンブンと飛び回るこの虫を捕まえた虚子は、それを思い切り外に放り投げたのです。「擲」という激しい漢字を使っています。明るい家の中とは対照的に、家の外に広がる闇、その「闇の深さ」を感じ取りました。

5　イ　念力　「大暑」は二十四節気のひとつ。現在の暦では七月二十三日ごろで、一年で最も暑さの厳しい日とされています。とにかく暑いのです。その暑さは、気合を入れていないと死んでしまうようなものだと感じたのですね。それを「念力のゆるめば死ぬる」ほどのものだと、大げさに表現しました。異常気象で、夏の暑さはますます耐え難いものになっています。

6　イ　祭　「神田川」という場所が示されていますから、掲句に詠まれた「祭」は、平将門を祀る神田明神の祭礼。五月十五日前後に行われます。山王祭とともに天下祭と呼ばれる江戸の夏祭の代表格です。神輿渡御《とぎょ》があり山車が曳かれ、大勢の観客で賑わいます。その中を神田川が流れているという江戸情緒ゆたかな一句は、万太郎ならではのものです。

7　ウ　ひこひこ　蜥蜴は体温調節の出来ない変温動物ですから、太陽のエネルギーを溜め込まないと活動出来ません。この句はそんな蜥蜴の様子をじっと観察しています。日差しを浴びた蜥蜴は胸の辺りを膨らませたり凹ませたりします。それをオノマトペ（擬態語）で表現しているのです。オノマトペは難しいものですが、「ひこひこと」は上手いですねえ。

8　エ　ほしいまゝ　杉田久女という女流俳人の有名な句です。福岡県の英彦山《ひこさん》で詠まれたもの。久女は、思いのままに鳴くほととぎすの鳴き声が山々にこだまするのを耳にして感動したのです。「谺して山ほととぎす」までは出来ましたが、あとが続かない。この「ほしいまゝ」という言葉は、天から降ってきたように得たものと、作者自身が伝えています。

9　ウ　涼しさ　フルーツや赤豌豆に寒天がたっぷり入って、そこに黒蜜などをかけていただく「蜜豆」です。冷蔵庫で冷やして夏のおやつにというのがいいですね。山口青邨《せいそん》は東大の理系の教授でしたから、その寒天の「かど」に「角」ではなく立方体の面と面が交わる線の部分を見て「稜」という字を使いました。それに「涼しさ」という夏の季語を添えたのです。

10　ア　かたつむり　飯田龍太は高名な俳人だった蛇笏《だこつ》の息子で、父の跡を継いで故郷の山梨県で活動をつづけました。この句も五月雨のころのものですね。長雨が続き「雨の中」に閉じ込められているのです。「甲斐も信濃も」と旧国名を使って、山梨から長野にわたる大きな世界を描きながら、その一方で、目の前にいる季語となる小さな「かたつむり」に目を留めたのです。

秋の句

1　朝顔《あさがお》に（　　　）とられてもらひ水《みず》　加賀千代女

ア　垣根《かきね》　イ　草履《ぞうり》　ウ　襷《たすき》　エ　釣瓶《つるべ》

2　（　　　）人分《ひとわ》け行《ゆ》くや勝角力《かちずもう》　高井几董

ア　きびきびと　イ　ずかずかと　ウ　ふはふはと　エ　やはらかに

3　（　　　）日当《ひあた》りながら落《お》ちにけり　高濱虚子

ア　秋《あき》の蝶《ちょう》　イ　桐一葉《きりひとは》　ウ　椿《つばき》の実《み》　エ　破芭蕉《やればしょう》

4　新涼《しんりょう》や（　　　）てのひらあしのうら　川端茅舎

ア　薄《うす》き　イ　黒《くろ》き　ウ　白《しろ》き　エ　小《ち》さき

5　（　　　）秋《あき》の風鈴《ふうりん》鳴《な》りにけり　飯田蛇笏

ア　からからと　イ　くろがねの　ウ　軒先《のきさき》の　エ　りんりんと

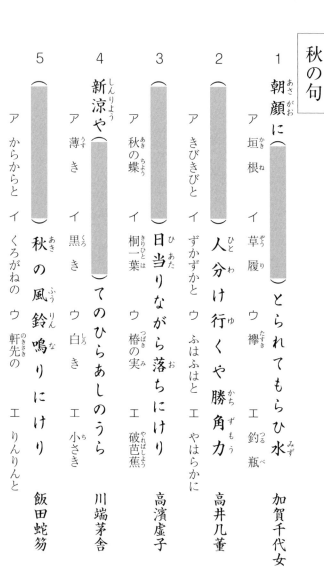

6　秋風《あきかぜ》や（　　）のちがふ皿《さら》二《ふた》つ　原　石鼎

ア　厚《あつ》さ　イ　売《うり》値《ね》　ウ　模《も》様《よう》　エ　汚《よご》れ

7　紫陽花《あじさい》に秋冷《しゅうれい》いたる（　　）かな　杉田久女

ア　越《えち》後《ご》　イ　近《お》江《うみ》　ウ　薩《さつ》摩《ま》　エ　信《しな》濃《の》

8　（　　）のこの一《いっ》徹《てつ》の貌《かお》を見《み》よ　山口青邨

ア　落《おち》蟬《ぜみ》　イ　こほろぎ　ウ　とんばう　エ　椋《むく》鳥《どり》

9　地球儀《ちきゅうぎ》のうしろの夜《よる》の秋《あき》の（　　）　木下夕爾

ア　雲《くも》　イ　空《そら》　ウ　星《ほし》　エ　闇《やみ》

10　胡桃《くるみ》割《わ》る胡桃《くるみ》の中《なか》に使《つか》はぬ（　　）　鷹羽狩行

ア　色《いろ》　イ　音《おと》　ウ　字《じ》　エ　部《へ》屋《や》

【ヒント】

1 秋の日の暮れやすいことを「秋の日は〇〇落し」と言ったりしますね。
2 勝ち力士は堂々と引き返してゆく様子ですよ。
3 これが落ちるのは、衰亡《すいぼう》のきざしの象徴ともいわれます。
4 「北原〇秋」という詩人がいましたっけ。
5 銅は「あか〇〇」、銀は「しろ〇〇」。では、鉄は?
6 「幾何学」「空」「縞」「水玉」の下に付く共通の言葉は?
7 避暑地の軽井沢や日本アルプスがあるところです。
8 ディズニー映画の『ピノキオ』では、ジミニー・クリケットと名付けられました。
9 真っ暗な宇宙空間を思い描いてみましょう。
10 割った胡桃のなかにある空間を、こんな上手な比喩で表現しています。

1 エ 釣瓶　千代女《ちよじょ》は江戸時代中期に活躍した女流俳人です。私たちの感覚では「朝顔」は夏の風物ですが、俳句では秋の季語。朝早くに井戸端へ行って、縄や竿の先に桶を付けた「釣瓶」で水を汲もうとしたのですが、そこに蔓を巻き付けた朝顔が咲いていたのです。作者は美しい朝顔をそのままにして、隣の家に水をもらいに行ったのです。

2　エ　やはらかに　　作者の高井几董《きとう》は江戸時代中期の俳諧師です。この句の季語は「角力」です。今のように年に六場所も開催されることはなく、「一年を十日で暮らすいい男」と言われたころのお相撲さんを詠んだ句です。勝負に勝って、花道をゆうゆうと引き上げてゆくところを描きました。堂々たる様子が目に浮かぶようではありませんか。

3　イ　桐一葉　　この句が「落ちにけり」と詠んでいるものは、「日当りながら」というのですから、そこにゆっくりとした時間を感じます。そうなるとこれは、あの大きな桐の葉だろうということになりますね。「一葉落ちて天下の秋を知る」という唐の詩を踏まえてもいたことでしょう。高濱虚子の名句の一つとして知られています。

4　ウ　白き　　「新涼」は立秋を過ぎてしみじみと感じる涼しさのことです。詩歌の世界では季節を色で表すことがあります。春には青、夏には朱、冬には黒、そして秋には白を当てています。そんなことを知ると、作者が、夏の暑さのあとにやってきた初秋の「てのひら」「あしのうら」を、「白き」と感じたことにも納得がゆくのです。

5　イ　くろがねの　　ただ「風鈴」というと夏の季語ですが、この句は「秋の風鈴」と言っています。夏が終わり役目を果たした今も、軒端でかすかな音をたてているのです。秋の色が白であることは前に書きました。ですから、俳句では秋風の色も白としてイメージされます。吊られているのは鉄風鈴でしたが、それを「くろがねの」として、風の色と対照させているのです。

6　ウ　模様　　この句の背景には作者の石鼎《せきてい》が引き起こした恋愛事件があります。駆け落ちをした二人は鳥取県の米子で追っ手に捕まってしまい、女性だけが連れ戻されることになったのです。その時、生涯の思い出にしようと、使っていたお皿を一つずつ手許《てもと》に残したのです。形見となった皿を手にした作者が詠んだ句。「秋風」が哀れを誘います。

7　エ　信濃　　「紫陽花」は夏の季語ですが、それに「秋冷」がやって来たというのですから季重なりの句です。俳句では二つ以上の季語を使うと、一句の焦点がぼやけるといって嫌いますが、この句は久女の名句とされています。夏が遅く秋が早くやってくる「信濃」だからこそ、この二つの言葉が寄り添うことが出来たように思います。

8　イ　こほろぎ　「一徹」というのは、物事を一途《いちず》に思い込んで押し通すことです。「顔」ではなく「貌」という漢字を使っているところにもそうした気配が感じられます。作者が「見よ！」と言っているのは、コオロギの顔面です。そんなものを間近で見たことはありませんけれど、同じ仲間のバッタから、「仮面ライダー」を思い浮かべてみてはどうでしょう。

9　エ　闇　最近ではあまり見ませんけれど、昔は小学生の机の上によく置かれていた地球儀です。そんな地球儀を眺めていた作者は、その後ろに暗い闇があるのに気づきました。その瞬間に闇は宇宙になり、地球儀はその空間に浮かんで見えたのではないでしょうか。作者・木下夕爾《ゆうじ》は詩人でしたから、普通の俳句とは違うイメージの広がりを感じさせてくれます。

10　エ　部屋　作者は「俳人協会」という大きな俳句団体の会長も務めました。現代俳句の達人の一人です。ウィットに富んだ句がいくつもあります。これもそんな一つです。胡桃の殻を割ると、その中には美味しい実といっしょに、不思議な形をした空間が現れますね。作者はこれを「使はぬ部屋」という独創的な捉え方をしています。なるほどと思わせる句です。

冬の句

1　いくたびも雪《ゆき》の（　　　）を尋《たず》ねけり　　正岡子規

ア　ありか　　イ　白《しろ》さ　　ウ　光《ひかり》　　エ　深《ふか》さ

2　山《やま》眠《ねむ》る如《ごと》く（　　　）にもたれけり　　高濱虚子

ア　垣《かき》根《ね》　　イ　小《こ》窓《まど》　　ウ　書《しょ》棚《だな》　　エ　机《つくえ》

3　（　　　）手《て》の病者《びょうしゃ》ばかりの落《おち》葉《ば》焚《たき》　　石田波郷

ア　白《しろ》き　　イ　小《ち》さき　　ウ　冷《ひ》えし　　エ　広《ひろ》き

4　（　　　）に出《で》て木枯《こがらし》帰《かえ》るところなし　　山口誓子

ア　海《うみ》　　イ　空《そら》　　ウ　街《まち》　　エ　門《もん》

5　一《いち》月《がつ》の川《かわ》一《いち》月《がつ》の（　　　）の中《なか》　　飯田龍太

ア　空《そら》　　イ　谷《たに》　　ウ　山《やま》　　エ　夢《ゆめ》

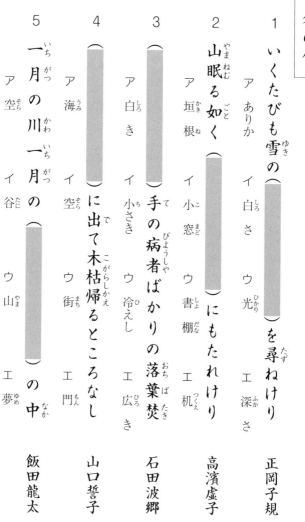

6
除夜《じょや》の妻《つま》（　　）のごと湯浴《ゆあ》みをり　森　澄雄

ア　鴛鴦《おしどり》　イ　白鷺《しらさぎ》　ウ　鶺鴒《せきれい》　エ　白鳥《はくちょう》

7
冬蜂《ふゆばち》の死《し》にどころなく（　　）けり　村上鬼城

ア　歩《ある》き　イ　食《く》はれ　ウ　転《ころ》び　エ　飛《と》びに

8
み仏《ほとけ》に美《うつく》しきかな冬《ふゆ》の（　　）　細見綾子

ア　塵《ちり》　イ　月《つき》　ウ　寺《てら》　エ　指《ゆび》

9
竹馬《たけうま》やいろはにほへと（　　）に　久保田万太郎

ア　いろ〳〵　イ　ぐら〳〵　ウ　ちり〳〵　エ　ばら〳〵

10
木曽《きそ》のなあ木曽《きそ》の炭馬《すみうま》並《なら》び（　　）　金子兜太

ア　鳴《な》く　イ　糞《ま》る　ウ　行《ゆ》く　エ　寄《よ》る

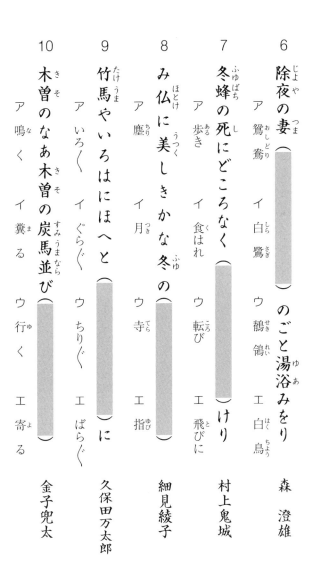

【ヒント】

1　昨日は10センチ、今日は20センチと雪が積もったのでしょうね。
2　虚子先生は押し寄せて来る俳句の仕事でお疲れのようですね。
3　病気の人の手をイメージしてみましょう。
4　出撃する特攻隊のイメージのある句と言われます。
5　龍太は山深い山梨県の人。川が流れているのはどこでしょう。
6　サン＝サーンスの『動物の謝肉祭』にあるチェロの名曲は？
7　翅を開く力も失くした冬蜂はヨロヨロと、トボトボと……。
8　「○も積もれば山となる」ということわざがありますね。
9　「いろはにほへと」に繋がるものを探してください。
10　「エッ、こんなのが俳句になるの？」と思いますよ。

1　エ　深さ　若くして脊椎カリエスという不治《ふじ》の病《やまい》に冒された子規は、病の床にあっても俳句や日本語の研究に没頭し、三十六年の短い人生を駆け抜けました。『病牀六尺』『仰臥漫録』という随筆風の日記を残しています。寝たきりの子規は庭に積もる雪を見ることが出来ません。看病する母・八重と妹・律に、繰り返して雪の「深さ」を尋ねたのです。

2エ　机　葉をすっかり落とした木々に覆われて、冬日のなかにうずくまっているような冬の山の姿を擬人化した季語が「山眠る」です。仕事に疲れた虚子は、机にもたれる自分の姿をそんな山に喩えたのです。ちなみに、春は「山笑ふ」、夏は「山滴《したた》る」、秋は「山粧《よそお》ふ」と、それぞれの季節に山を擬人化した季語があります。おもしろいですね。

3ア　白き　「落葉焚」が冬の季語です。作者の石田波郷は肺結核での療養を続けなければなりませんでした。当時は不治の病と言われた病気です。ある冬の日、入院患者たちが集まって、焚火を囲んだのです。暖を求めて着物の袖から焚火に差し伸べられた患者たちの手は、どれもこれも血の気を失った「白き手」だったのです。冷徹な写生の眼がとらえています。

4ア　海　山から吹き下ろした木枯しは、海に出てしまえばもうそれ以上の行き場を失ってしまいますね。戻ってくることはないというそれは自然の描写です。しかしこの句は、そんな木枯しに太平洋戦争末期に片道分の燃料だけを積んで出撃していった、あの特攻隊の兵士たちへの思いを重ねたものとも言われています。二度と戻れなかった兵士たちへの鎮魂の句。

5　イ　谷　作者については、「夏の句」の中で〈かたつむり甲斐も信濃も雨の中〉に触れたときに紹介しました。故郷の山梨の自然をいくつも詠んでいます。「一月の川一月の谷」という繰り返しの技法（＝リフレイン）を巧みに使い、五七五ではない形に収めているので、読み手にとっては印象深いものになります。何も難しい言葉は使わずに名句に仕上げています。

6　エ　白鳥　作者の森澄雄には、愛妻を詠んだ句がいくつもあります。この句は、大晦日の夜に年の暮の仕事も終わって「湯浴み」をする妻を詠んでいます。比喩の句で、夫人の姿を「白鳥のごと」と表現しています。気品のあるエロスを感じさせるものですね。作者は晩年になって夫人に先立たれますが、愛妻への思いは終生変わることがありませんでした。

7　ア　歩き　作者の鬼城《きじよう》は若い頃に耳疾を患い、軍人になる夢も断たれ、思うような仕事にも付けず、十人の子どもを抱えて生活は困窮しました。そんな作者が弱者に向ける眼は優しいものでした。交尾を終えて死を待つばかりとなったオスの蜂です。擬人法を使ったこの句には、作者自身の姿がどこか二重写しになっているようです。

8　ア　塵　作者の細見綾子には感覚の利いた独自の俳句があります。奈良の唐招提寺を訪れたときのこの句は、仏像の安置された暗い本堂で、かすかな冬日差の中に輝く塵を見留めているのです。それを「美しきかな」と感じるところが、いかにもこの作者らしいところです。

9　ウ　ちり〴〵　「竹馬」が冬の季語ですが、この句では「竹馬《ちくば》の友《とも》」（＝幼なじみ）の意味が裏にあります。子どもの頃に仲よく遊んだみんなもそれぞれ大人になってばらばらになり、会うこともなくなったと、そんな思いを詠んだ句です。いろは唄の「いろはにほへと」の後ろには「ちりぬるを」が続きますね。中七の七音は下五の「ちり〴〵に」を呼ぶ仕掛けなのです。

10　イ　糞る　金子兜太は独自の俳句世界を作り出した俳人です。この句の上五は「木曽のナーなかのりさん、木曽のおんたけナンチャラホーイ」という民謡「木曽節」から切り取ったものです。それに続いて木曽の山から炭を運んできた荷駄馬が登場するのです。ところがなんと、その馬たちは並んでウンコをしているという。これも兜太の描く俳句世界なのです。

新年の句

1　（　　）もちう位《くらい》なりおらが春《はる》　小林一茶

ア　悲《かな》しさ　イ　ふところ　ウ　貧《まず》しさ　エ　目出度《めでた》さ

2　（　　）を飾《かざ》り立《た》てたる初荷《はつに》かな　正岡子規

ア　売《う》り声《ごえ》　イ　自転車《じてんしゃ》　ウ　提灯《ちょうちん》　エ　痩馬《やせうま》

3　去年今年《こぞことし》貫《つらぬ》く（　　）の如《ごと》きもの　高濱虚子

ア　糸《いと》　イ　川《かわ》　ウ　珠《たま》　エ　棒《ぼう》

4　曳猿《ひきざる》の（　　）いっぱいに踊《おど》りをり　星野立子

ア　腕《うで》　イ　空《そら》　ウ　紐《ひも》　エ　屋根《やね》

5　うとうとと炬燵《こたつ》の（　　）の四日《よっか》かな　今井つる女

ア　上《うえ》　イ　下《した》　ウ　妻《つま》　エ　猫《ねこ》

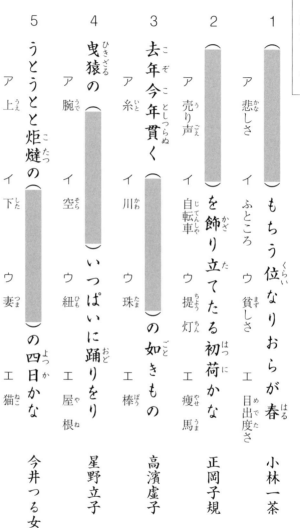

6 初空《はつぞら》の（　　）と満《み》たしあふ　山口青邨

ア 藍《あい》と茜《あかね》　イ 赤《あか》と黄金《こがね》　ウ 朝《あさ》と夕《ゆう》べ　エ 海《うみ》と浜辺《はまべ》

7 御手洗《みたらし》の杓《しゃく》の柄《え》（　　）初詣《はつもうで》　杉田久女

ア 青《あお》し　イ 軽《かろ》し　ウ 長《なが》し　エ 太《ふと》し

8 （　　）に来《く》る賀状《がじょう》や猫《ねこ》のくすしより　久保より江

ア 家《いえ》　イ 妻《つま》　ウ ねこ　エ 我《われ》

9 北国《きたぐに》の雪《ゆき》の（　　）の賀状《がじょう》来る　能村登四郎

ア 重《おも》さ　イ 女《おんな》　ウ 雫《しずく》　エ 匂《にお》ひ

10 一《ひと》振《ふ》りで越《こ》ゆ（　　）の箱根山《はこねやま》　大石悦子

ア 書初《かきぞめ》　イ 双六《すごろく》　ウ 初旅《はつたび》　エ 初夢《はつゆめ》

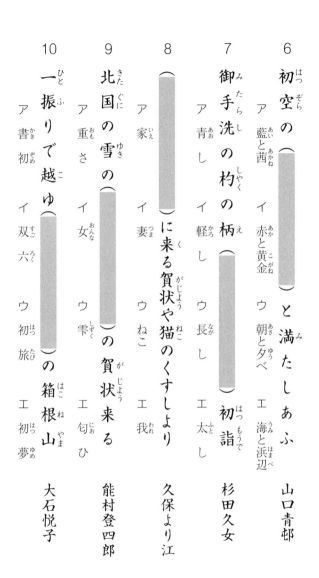

【ヒント】

1　寂しい晩年を迎えた一茶の気持ちになってみましょう。
2　賑やかに飾り立てられているだけに哀れを誘いますね。
3　歩き疲れると、脚は◯になるそうですよ。
4　「日光さる軍団」が芸をしているところを思い出してみてください。
5　三が日の次の日、お正月も終わってホッとしているのです。
6　元日の空、初日が上がる頃のグラデーションが美しい空です。
7　お正月の神社の境内、すがすがしい感じがしますね。
8　「猫のくすし」は「猫のお医者さん」という意味です。
9　俳句は五感のすべてを働かせるものです。
10　「一振りで」、これはサイコロのことですよ。

1　エ　目出度さ　　五十歳で故郷に戻った一茶は、遺産相続問題を抱え、子どもたちや妻を失い、自らも病気に苦しむという厳しい晩年を迎えました。そんなときに新年を迎えての気持ちを詠んだ句です。「ちう位」というのは、信州の方言で「いい加減」ということです。「あいつはちゅうっくらいな奴だ」と言ったりします。初春の準備も整えられなかった一茶です。

２　エ　痩馬　問屋や商店では正月二日の朝に、乗り物に商品を積み上げて、「初荷」と染め抜いた旗や紅白の幕で飾り立てて得意先に届けたものだそうです。最近ではあまり見られなくなった光景ですが、子規の暮らした時代にはよく見られたものなのでしょう。おめでたくて威勢のいい情景に、飾り立てられた「痩馬」を見たところに俳諧味が感じられますね。

３　エ　棒　虚子の有名な一句です。「去年今年」は「こぞことし」と読みます。旧年を送り新年を迎えたことをいう新年の季語になっています。私たちが暮らす時の流れ、それを「一本の棒のようなものだ」と言っているのです。「貫く棒」というのは、子規から受け継いだ俳句の道を大切にしようという、作者の堅い信念であるとする解釈もあります。

４　ウ　紐　作者は高濱虚子の次女で、父親の指導を受けて俳句の道に進み、やがて初めて女性が主宰する俳誌「玉藻」を創刊しました。「曳猿」は猿回しのことです。災厄を「去る」にかけて、正月にやってきて芸を披露してご祝儀をもらい歩きました。近頃では見ることの出来ない風物ですが、「日光さる軍団」の猿たちの動きを思い浮かべると「紐いっぱい」が分かるのでは。

5　ウ　妻　今井つる女は高濱虚子のお兄さんの娘、つまり虚子の姪に当たります。この人も俳句一族の一人ですね。炬燵でうとうとしているという この句では、季語の「四日」がヒントになります。年末の新年の準備、三が日の年賀客への応対と、一家の主婦は大忙しなのです。一月四日になって緊張もほぐれ、疲れが一気にやってきたのですね。

6　ア　藍と茜　すぐれた俳句を作るには、色彩感覚が豊かであることも一つの条件になりますが、作者の山口青邨にも色の取り合わせの見事な句があります。「初空」は元旦の空のこと。東の空に初日の出が昇ろうとする情景を想像してみてください。空には夜の名残を残す藍色が広がり、地平線の辺りは茜色に染まります。その二つの色が世界を「満たしあふ」のです。

7　ア　青し　「御手洗」を「おてあらい」と読んではいけません。「みたらし」と読みます。神社の入口近くにあって、手を浄めたり口を漱《すす》いだりする場所のことですね。そこに備え付けられている竹の柄杓《ひしやく》、その柄が青々としていたというのです。初詣の参拝者を迎えるために、古くなった柄杓が新しいものに取り換えられていたのです。清々しい気分の一句です。

8　ウ　ねこ　作者は、夏目漱石が松山時代に下宿し、後に子規も転がり込んだという「愚陀《ぐだ》佛庵《ぶつあん》」と名付けられた家の持ち主のお嬢さんでした。小さいころ、この二人にも可愛がってもらったといいますから、俳句の手ほどきも受けたのでしょう。「猫のくすし」は、犬猫病院の先生です。そんなところから、年賀状が猫にも届いたという、滑稽味のある句ですね。

9　エ　匂ひ　能村登四郎《のむらとしろう》は昭和の時代の人です。教員生活をする一方で、俳句界での活動も続けました。正月になると教え子や俳句関係の人からたくさんの年賀状が届いたことでしょう。その中の一枚は北国からのもので、作者はそこに雪の匂いを嗅ぎ取ったのです。俳句は五感のすべてを使って詠むものと言われますが、この句もそうした一つということになります。

10　イ　双六　「双六」が新年の季語です。昨今では「人生ゲーム」などにとって代わられた感がありますが、サイコロを転がしてそれぞれの指示に従って上がりを目指す双六は、正月の家族の遊びでした。駅伝なら大変な思いをして登る箱根山も、この遊びではサイコロの目次第で一気に越えることが出来ました。作者は昭和から令和まで活躍した俳人。

雪を詠んだ句

1　我《わ》が雪《ゆき》と思《おも》へば（　　　）笠《かさ》の上《うえ》　宝井其角

ア　うれし　イ　かろし　ウ　きよし　エ　たのし

2　応々《おうおう》といへど敲《たた》くや雪《ゆき》の（　　　）　向井去来

ア　朝《あさ》　イ　家《いえ》　ウ　門《かど》　エ　道《みち》

3　降《ふ》る雪《ゆき》や（　　　）は遠《とお》くなりにけり　中村草田男

ア　記憶《きおく》　イ　故郷《こきょう》　ウ　悲恋《ひれん》　エ　明治《めいじ》

4　一枚《いちまい》の（　　　）のごとくに雪残《ゆきのこ》る　川端茅舎

ア　布《ぬの》　イ　玻璃《はり》　ウ　餅《もち》　エ　和紙《わし》

5　（　　　）の裏《うら》は緋《ひ》なりき明治《めいじ》の雪《ゆき》　山口青邨

ア　外套《がいとう》　イ　から傘《かさ》　ウ　軍帽《ぐんぼう》　エ　参道《さんどう》

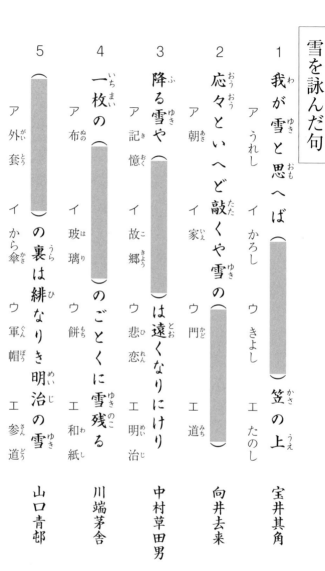

6　雪《ゆき》の（　　）ごつとんことりもう止《や》むか　大野林火

ア　貨車《かしゃ》　イ　川《かわ》　ウ　死者《ししゃ》　エ　水車《すいしゃ》

7　雪《ゆき》はげし抱《だ》かれて（　　）のつまりしこと　橋本多佳子

ア　息《いき》　イ　声《こえ》　ウ　喉《のど》　エ　胸《むね》

8　（　　）の魚《さかな》は美《う》味《ま》し雪《ゆき》催《もよい》　鈴木真砂女

ア　悪《あく》食《じき》　イ　悪《あく》相《そう》　ウ　悪《あく》名《みょう》　エ　悪《あく》霊《りょう》

9　光《ひかり》堂《どう》より（　　）雪《ゆき》解《げ》水《みず》　有馬朗人

ア　一本《いっぽん》の　イ　ざぶざぶと　ウ　ぞろぞろと　エ　一筋《ひとすじ》の

10　（　　）もののかたちに雪《ゆき》の積《つ》もりをり　片山由美子

ア　いま　イ　まだ　ウ　みな　エ　もう

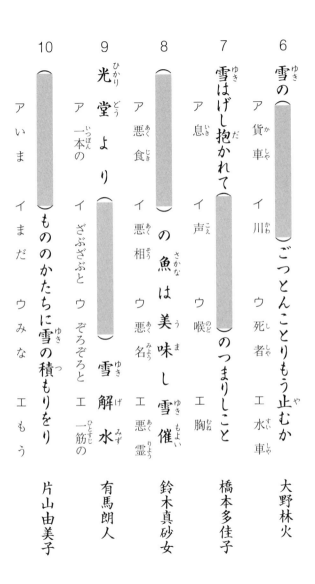

【ヒント】

1　自分勝手、自己中心的な人情は今も昔も変わりませんね。
2　「はい、はい」と言っています。来客があったのです。
3　この句の「遠く」は、時間的な長さのことを言っているのですよ。
4　日陰に融けずに残る雪を何に喩えているのでしょう。
5　明治の風俗を描いた錦絵を見るような感じがします。今は使われない言葉です。
6　「ごつとんことり」は何かが回る音です。
7　走り続けると「切れ」、音を立てないときには「殺し」、驚いたときには「呑む」ものです。
8　人も魚もみかけで判断してはいけませんね。
9　「光堂」は岩手県の中尊寺金色堂です。絵画的な句に仕上げるためには？
10　一面の銀世界になる前の景色を詠んでいる句です。

1　イ　かろし　作者の宝井其角《きかく》は芭蕉の一番弟子ともいうべき江戸時代の俳諧師です。芭蕉の没後は、師の「わび」「さび」とは違う俳句の道を進みました。この句、被った笠の上に雪が積もってだんだんと重くなってくるのですが、「自分の雪だと思えば軽いものだ」と、現代の私たちにも通じる人情を俳句に仕立てています。

2　ウ　門　向井去来《きょらい》も芭蕉の弟子の一人です。生真面目な人柄で、『去来抄』という本に師である芭蕉の言葉を丁寧に記録して残してくれました。雪の降る日に来客がやってきて、門をどんどんと叩きます。暖かな家の中にいる人は「はい、はい、今開けますよ」と応えるのですが、それでもなお門を叩きます。寒い雪降りの戸外と暖かな家の中の対比がおもしろい句です。

3　エ　明治　中村草田男《くさたお》の有名な句ですね。この句にも使われている「や」「けり」などは切れ字というもので、そこでひと呼吸入れて、気持ちを込める働きをします。俳句では「一句に切れ字は一つまで！」という決まり事がありますが、この句には二つの切れ字があります。それでも名句だと言われます。降る雪を見ながら、過ぎ去った明治の日々を懐かしんでいるのです。

4　ウ　餅　茅舎《ぼうしゃ》の異母兄は日本画家の川端龍子《かわばたりゅうし》で、作者も岸田劉生《りゅうせい》に師事して画業を志した人でしたが、結局は俳句の道を進むことになりました。ですから、俳句にもデッサンの力がおおいに発揮されたのですね。積もった雪が融けてしまっても、道や原っぱの日陰には雪が塊になって残っています。そのぺたりと地面に貼りついたような雪を「餅のようだ」と喩えています。

5 ア　外套　ここにも「明治の雪」が出てきました。「裏は緋なりき」というのは、「裏側は緋色だったなあ」という意味です。そしてそれは「外套」、つまりオーバーコートだというのです。明治時代の軍人が羽織っていた、カーキ色で赤い裏地のマントのような外套をイメージします。どこか錦絵にでもありそうな、絵画的な俳句ですね。

6 エ　水車　作者の林火《りんか》は会社勤めをした後、教員生活を送りながら俳句を作りました。清らかな抒情性のある句が持ち味です。この句は雪が降る中の水車の様子を描いています。空気が冷え切って水もだんだん凍って細くなり、水車にも雪が積もります。規則正しく回っていた水車の音が次第に弱くなる。それを「ごつとんことり」と耳がしっかりととらえています。

7 ア　息　作者は昭和の時代に活躍した女流俳人です。美形です。若くして夫を亡くしましたから、この句は雪が激しく降る様子を見ながら、夫とともに暮らしたころのこと、夫に息がつまるほどに抱かれたことを思い出しているのです。官能的な気配のただよう切ない恋の句です。石川さゆりが歌う演歌に通じるものを感じませんか。

8　イ　悪相　作者の真砂女《まさじょ》は恋多き女でした。銀座に「卯波《うなみ》」という小料理屋を開いていて、そこには俳句の関係者や真砂女俳句のファンが集まっていたそうです。「雪催」は、今にも雪になりそうな空の様子のことです。冬に食べる美味しい魚はみんな悪相、つまり顔つきが恐ろしいというのです。言われてみれば、鱈《たら》も鮟鱇《あんこう》も河豚《ふぐ》も、みな一癖ありそうな面構《つらがま》えですね。

9　エ　一筋の　有馬朗人《あきと》は物理学者で、東大名誉教授で、東大総長を務めたり、文部大臣を務めたりと多忙を極めた人でしたが、そんな生活の中でも俳句を作り続けました。この句は岩手県にある中尊寺金色堂でのものです。森の中に光り輝く御堂から流れてくるわずかな雪解け水を的確に写生しています。理系の学者や医師の俳句には写生の眼が行き届いたものが多々あります。

10　イ　まだ　作者は鷹羽狩行《たかはしゅぎょう》の一番弟子で、現在は「香雨《こうう》」という俳句雑誌を主宰しています。現代の女流を代表する一人です。雪が積もると辺り一面が銀世界になりますが、この句はその降り始めの様子をしっかりと描写しています。何もかもが雪の下に埋もれてしまう前の時間ですから、さまざまなものがその形をまだ残していると言っているのです。

月を詠んだ句

1　名月《めいげつ》や（　　）をめぐりて夜《よ》もすがら　松尾芭蕉

ア　池《いけ》　イ　城《しろ》　ウ　橋《はし》　エ　町《まち》

2　月《つき》天《てん》心《しん》（　　）町《まち》を通《とお》りけり　与謝蕪村

ア　隣《となり》の　イ　賑《にぎ》はふ　ウ　眠《ねむ》らぬ　エ　貧《まず》しき

3　名月《めいげつ》や（　　）になるべき竹《たけ》伐《き》らん　正岡子規

ア　籠《かご》　イ　杖《つえ》　ウ　箸《はし》　エ　笛《ふえ》

4　（　　）逝《ゆ》くや十七日《じゅうしちにち》の月明《げつめい》に　高濱虚子

ア　子規《しき》　イ　友《とも》　ウ　汝《な》は　エ　猫《ねこ》

5　月《つき》に行《ゆ》く漱石《そうせき》（　　）を忘《わす》れたり　夏目漱石

ア　妻《つま》　イ　本《ほん》　ウ　夢《ゆめ》　エ　我《われ》

6
十五夜《じゅうごや》の（　　）のあそびてかぎりなし　後藤夜半

ア　客《きゃく》　イ　雲《くも》　ウ　子《こ》等《ら》　エ　猿《さる》

7
月光《げっこう》に（　　）行《ゆ》く山路《やまじ》かな　渡辺水巴

ア　転《ころ》がつて　イ　連《つら》なつて　ウ　広《ひろ》がつて　エ　ぶつかつて

8
十六夜《いざよい》の昨日《きのう》と（　　）月《つき》を見《み》し　星野立子

ア　同《おな》じ　イ　変《かわ》る　ウ　ちがふ　エ　並《なら》ぶ

9
月光《げっこう》を胸《むね》に（　　）少女《しょうじょ》かな　清水　昶

ア　当《あ》てたる　イ　抱《かか》える　ウ　吸《す》い込《こ》む　エ　灯《とも》せる

10
月《つき》の海《うみ》（　　）置《お》くごとく凪《な》ぎにけり　三村純也

ア　帯《おび》　イ　布《ぬの》　ウ　箔《はく》　エ　舟《ふね》

【ヒント】

1　月影を映すのに一番いい場所を考えてみましょう。
2　行灯《あんどん》の油を買うことも出来ない町は、月明かりの下で寝静まっていたようです。
3　伐りとった竹には穴をあけて細工します。
4　作者はこの夜、大切な人を亡くしたのです。絶唱の一句。
5　漱石が熊本に単身赴任していたときに詠んだ句です。
6　「いわし」「入道」「ひつじ」などに付くものですよ。
7　作者は山道で月の強い光を感じたのです。これが自動車だったら大変ですね。
8　十五夜の月はまん丸、十六夜の月もほぼまん丸です。
9　深呼吸をしているような感じがします。
10　作者の見た海はきらきらと輝いていたのです。

1　ア　池　よく知られた芭蕉の句です。「名月」は陰暦八月十五日（現在の暦ならば九月十五日頃）の「中秋の月」のことですね。下五の「夜もすがら」は一晩中という意味です。この句は上五の「名月や」で「ああ、美しい月だなあ」と感動を伝えています。池に映る月は夜どおしその位置を変えてゆくのです。「池をめぐりて」は作者ではなく、月であると解釈されます。

2　エ　貧しき　現代の豊かな生活を送る人たちには、「貧しき町」がどのようなものかは想像もつかないでしょう。灯明の油も買えない暮しですから暗くなれば早々に寝てしまいます。町中には、どこか「貧乏の匂い」が感じられたかもしれません。空の真上に昇った月明かりの下を行く旅人は、これからどこへ向かうのでしょう。しみじみとした秋の句ですね。

3　エ　笛　この句も上五に「や」という強い切れ字があって、月の美しさに感じ入っていますね。子規は月の光が照らす竹藪を思い描いたのです。そうした情景から、横笛にするのにちょうどいいような竹を伐ろうと思ったのです。月の光をいっぱいに吸った竹からは、さぞかし見事な音がすることだろうと。「竹伐る」も秋の季語ですが、これは「名月」の句です。

4　ア　子規　明治という時代を駆け抜けた子規は、明治三十五年九月十九日に亡くなりました。臨終に立ち会った弟子の虚子は、その訃を告げるために根岸の家を飛び出します。そのとき虚子が見上げた空には、満月の右側が欠け始めた「十七日」の月が昇っていたのです。「子規逝くや」からは「ああ、子規が逝ってしまった」という嘆きの声が聞こえるようです。

5 ア　妻　あまりにも美しい月を見て、妻を忘れてしまったという、なんとも漱石らしい滑稽味のある句ですね。しかし、この句の前書きには「妻を遺して独り肥後に下る」とあります。明治三十年、まだ夏目金之助だった漱石は、流産で療養していた妻・鏡子を鎌倉に置いて、熊本の第五高等学校へ単身赴任していたのです。心細い思いを、明治の男は胸の中に収めました。

6 イ　雲　作者の後藤夜半《やはん》は、明治二十八年大阪生まれの俳人で、高濱虚子に師事しました。滝の落ちるさまをスローモーション映像のように捉えた句で知られていますが、古典を踏まえた情緒のある句を多く残しています。この句、名月をときに隠したりする雲の動きを「あそびてかぎりなし」と詠んで、十五夜の空の様子を描き出しています。

7 エ　ぶつかつて　月は春夏秋冬いつもあるものですが、ただ「月」というと、その中でも一番輝いて美しく見える秋のものということになります。作者の水巴《すいは》はそんな月の光を浴びながら山道を歩いています。辺り一面を照らす月光の中を行きながら、それはまるで「月光にぶつかってゆくようだ」と、とても個性的に月の光をとらえたのです。

8 ア　同じ　「十六夜」は、十五夜翌日の月のことです。満月よりも少しだけ月の出が遅くなるので、ためらうという意味で「いざよひの月」と呼びます。満月の右側が少しだけ欠け始めているのですが、作者はそれでも「昨日と同じ月」と言って、秋の名月を楽しもうとしているのです。既存の知識に寄りかからずに、感じた通りにのびのびと句を作っています。

9 ウ　吸い込む　作者の清水昶《あきら》は昭和から平成にかけての詩人です。「月光」「少女」という道具立てがどこかロマンチックだと思いませんか？　ここまでに見てきた俳句とは違う感じですね。月の光の中の少女はただそこに佇んでいるだけではありません。月の光を胸いっぱいに吸い込もうというのです。光を吸い込んでいるようだという感じ方が、やはり詩人のものですね。

10 ウ　箔　作者は月明かりに照らし出された海を眺めています。そしてその海は「凪ぎにけり」というのですから、波立つこともなく穏やかに広がっているのですね。そんな海を、「箔置くごとく」と詠みました。「箔」はあの金箔や銀箔です。金属を叩いて薄く紙のように延ばしたあれです。比喩の句は難しいものですが、これは読み手の共感を得るものでしょう。

桜を詠んだ句

1　これはくとばかり花《はな》の（　　　）　安原貞室

ア　浅間山《あさまやま》　イ　箱根山《はこねやま》　ウ　富士《ふじ》の山《やま》　エ　吉野山《よしのやま》

2　（　　　）七重《ななえ》七堂《しちどう》伽藍《がらん》八重《やえ》ざくら　松尾芭蕉

ア　京《きょう》　イ　古都《こと》　ウ　奈良《なら》　エ　三重《みえ》

3　山《やま》又《また》山《やま》山《やま》桜《ざくら》（　　　）山《やま》桜《ざくら》　阿波野青畝

ア　ああ　イ　さて　ウ　なほ　エ　又《また》

4　ちるさくら海《うみ》（　　　）ければ海《うみ》へちる　高屋窓秋

ア　あを　イ　昏《くら》　ウ　広《ひろ》　エ　深《ふか》

5　（　　　）なる空《そら》よりしだれざくらかな　富安風生

ア　あやか　イ　うつろ　ウ　はるか　エ　まさを

6　風《かぜ》に落《お》つ楊貴妃桜《ようきひざくら》（　　）のまゝ　杉田久女

ア 枝《えだ》　イ 白《しろ》　ウ 房《ふさ》　エ もと

7　坐《すわ》りたるまゝ（　　）とくや花疲《はなづか》れ　鈴木真砂女

ア 糸《いと》　イ 帯《おび》　ウ 髪《かみ》　エ 謎《なぞ》

8　チ、ポ、と（　　）打《う》たうよ花月夜《はなづきよ》　松本たかし

ア 鉦《かね》を　イ 太鼓《たいこ》　ウ 鼓《つづみ》　エ 拍子《ひょうし》

9　夜桜《よざくら》やうらわかき（　　）本郷《ほんごう》に　石田波郷

ア 雲《くも》　イ 月《つき》　ウ 猫《ねこ》　エ 闇《やみ》

10　淡墨桜《うすずみざくら》風《かぜ》立《た》てば（　　）湧《わ》きいづる　大野林火

ア 香《か》の　イ 声《こえ》　ウ 白《しろ》　エ 水《みず》

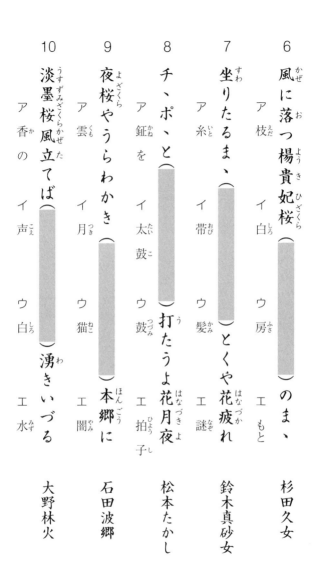

【ヒント】

1　歌舞伎『義経千本桜』の舞台にもなっている桜の名所です。
2　お寺のたくさんある土地。「七重」と頭韻を踏んでいるのです。
3　漢字ばかりで作られた句ですから……。
4　作者は海に散ってゆく桜の花びらを絵画的に仕立てようとしたのです。
5　真っ白い枝垂桜の上には、どんな空が似合うでしょう。
6　楊貴妃桜はぼってりとした八重の花を咲かせます。
7　お花見から疲れて帰って来た作者は和装の似合う女性でした。
8　「チ、ポ、と」にピッタリの楽器を探してください。
9　春の夜に「うらわかき」と詠みたくなるのは何でしょう?
10　満開の桜が風に吹かれたときの様子を思い描いてみてください。

1　エ　吉野山　安原貞室《ていしつ》は江戸初期、芭蕉より前の俳人です。「これは〳〵とばかり」の出だしがおもしろいですね。桜が満開の山を目にして、その見事さに感嘆しているのです。奈良の吉野山の桜はそれはまさに絢爛豪華なものです。麓の下千本から山奥の奥千本まで、少しずつ桜が山の色を変えてゆきます。ぜひ一度はご覧になっていただきたいものです。

2　ウ　奈良　数字を詠み込んだ言葉遊びのような俳句に仕立てているのは芭蕉です。奈良には法隆寺を始めとして古いお寺がたくさんありますね。「七堂伽藍」はそんなお寺のことを言っています。「奈良」と頭韻を踏んで「七重」、「七重」と数字を合わせて「七堂伽藍」、そして「奈良七重」の「七重」と並べて、季語の「八重ざくら」が出て来る仕掛けが施されています。

3　エ　又　山が幾重にも連なる様子を表す「山又山」という言葉があります。掲句はこの言葉を上五に据えて、すべて漢字だけで作り上げています。〈さきみちてさくらあをざめゐたるかな　野澤節子〉のように、平仮名だけを用いた句もあります。一句を仕上げるときには、その表記をどのようにするかについても、俳人は心を砕くわけですね。

4　ア　あを　昭和の初めの俳人である高屋《たかや》窓秋《そうしゅう》の代表作です。海辺の断崖の上でしょうか。そこに咲いた桜がはらはらと散っているのです。花びらは青い海に散ってゆきます。そんな景色を見ながら、作者は桜の花びらの気持ちになっていたのかもしれませんね。海の色と花びらの色の対照が美しい一句です。

5　エ　まさを（真青）　富安風生《とみやすふうせい》は大正から昭和にかけて活躍した俳人です。掲句はこの作者の代表句になっています。千葉県市川市の弘法寺《ぐほうじ》にある樹齢四百年と言われる枝垂桜を詠んだものです。たくさんの桜を咲かせた枝が垂れ下がる情景を目の前にして、作者はそれが上に広がる青々とした春の空から降ってくるようだと感じたのです。

6　ウ　房　　桜にもいろいろな種類がありますが、楊貴妃桜は薄紅色の小さな花びらが固まるようにたくさんついた豪華な感じのするものです。絶世の美女と謳《うた》われた楊貴妃の名前が付けられたのもなるほどと思えます。山桜やソメイヨシノのようにはらはらと散るのではなく、花は房ごと落ちるもので、作者はそこをとらえているのですね。

7　イ　帯　　お花見に出かけて美しい桜を堪能《たんのう》して帰ってきたのです。少し汗ばむようになる季節ですし、人出の中を歩くのでくたびれてしまいますね。そうしたお花見のあとの気分を、俳句独特の言葉で「花疲れ」と言います。これが季語です。家に戻った作者は座敷に坐りこんだまま、着物の帯を解いているのです。

8　ウ　鼓　季語の「花月夜」、美しい言葉だと思いませんか？　満開の桜の上に広がる夜空には春の月がかかっているのです。作者の松本たかしは明治時代の末に、宝生流《ほうしょうりゅう》の能役者の家に生まれましたが、病気のために家業を継ぐことを断念して、俳句の世界に進みました。「チ、ポ、」という鼓の音は、いかにも能舞台に慣れ親しんだ作者ならではのものですね。

9　イ　月　桜は昼間見るよりも、春の夜の薄闇のなかで見る方がずっと風情《ふぜい》があります。掲句には「上野公園」という前書きがありますから、作者は夜桜見物に出かけたのでしょう。不忍池の向こうの本郷台地を見ると、その上の空には春の月が上がっていたのですね。「うらわかき月」というのが個性的な表現です。これからふくらもうという三日月だったのでしょうか。

10　ウ　白　岐阜県根尾谷の「淡墨桜」は花の初めはピンク色、次第に白くなり、散る間際には独特な淡い墨色へと変わるものです。掲句が詠んだ桜は満開のころでしょうか。風が立つと桜は一斉に花びらを散らします。その様子を「白湧きいづる」と表現しています。咲いているときには薄墨色の桜も、風に散るときはやはりその白さが際立つのです。美しい情景ですね。

芭蕉の俳句

1　古《ふる》池《いけ》（　　　）蛙《かわず》飛《と》びこむ水《みず》の音《おと》

ア　に　　イ　の　　ウ　へ　　エ　や

2　（　　　）と我《わ》が名《な》呼《よ》ばれん初《はつ》時雨《しぐれ》

ア　宗《そう》匠《しょう》　　イ　旅《たび》人《びと》　　ウ　名《めい》人《じん》　　エ　老《ろう》翁《おう》

3　（　　　）一《ひと》つ見《み》付《つけ》てうれしいらご崎《ざき》

ア　蟹《かに》　　イ　雲《くも》　　ウ　鷹《たか》　　エ　蝶《ちょう》

4　蛸《たこ》壺《つぼ》や（　　　）夢《ゆめ》を夏《なつ》の月《つき》

ア　いつもの　　イ　うれしき　　ウ　はかなき　　エ　みじかき

5　一家《ひとつや》に（　　　）もねたり萩《はぎ》と月《つき》

ア　牛《ぎゅう》馬《ば》　　イ　乞《こ》食《じき》　　ウ　遊《ゆう》女《じょ》　　エ　わらべ

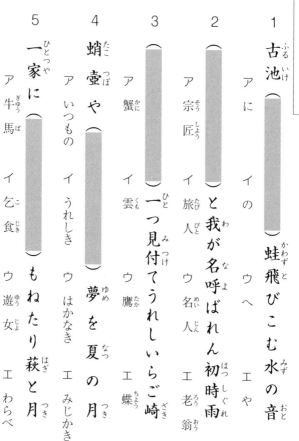

6 道《みち》のべの木槿《むくげ》は（　　）にくはれけり

ア 犬《いぬ》　イ 馬《うま》　ウ 鳥《とり》　エ 猫《ねこ》

7 ほととぎす大竹藪《おおたけやぶ》を（　　）月夜《つきよ》

ア 伐《き》る　イ 照《て》る　ウ 漏《も》る　エ 行《ゆ》く

8 物《もの》（　　）唇《くちびる》寒《さむ》し秋《あき》の風《かぜ》

ア 言《い》へば　イ 嚙《か》めば　ウ 食《く》へば　エ 呑《の》めば

9 梅《うめ》が香《か》に（　　）日《ひ》の出《で》る山路《やまじ》かな

ア そつと　イ どつと　ウ のつと　エ はつと

10 旅《たび》に病《やん》で（　　）は枯野《かれの》をかけ廻《めぐ》る

ア 今日《きょう》は　イ つひに　ウ 夢《ゆめ》　エ 我《われ》

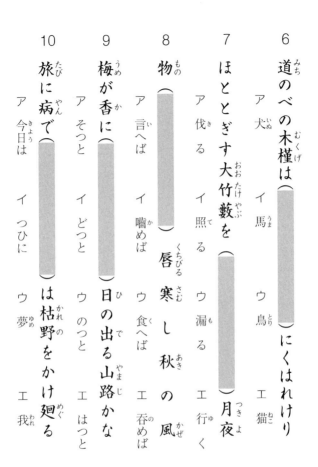

【ヒント】

1 余りにも有名なのでノーヒントです。
2 『おくのほそ道』をはじめ、日本のあちらこちらを歩き回った芭蕉です。
3 冬の季語を入れましょう。
4 翌朝には漁師に捕まってしまう蛸壺に入った蛸に哀れを感じたのでしょう。
5 『おくのほそ道』にある艶めいた創作の句です。
6 人参ばかりを食べるわけではないようです。
7 月明かりに包まれた竹藪をイメージしてみましょう。
8 ことわざのように使われることがある句ですね。
9 朝日が突然現れたような感じを表現していますよ。
10 生前に詠まれた最後の一句。病の床でうつらうつらしている芭蕉です。

1 エ や　俳聖・松尾芭蕉の代表句。日本だけでなく海外にも知られるほど有名なので、それ以上に語られることもないほどですが、和歌の世界では鳴き声を愛でていた蛙（春の季語です）を、鳴かさずに古池に飛び込ませてしまったところが画期的でした。そこに「古池や」という切れ字を入れて詠み、心象風景にある枯淡《こたん》の境地を映し出してみせたのです。

2　イ　旅人　『笈《おい》の小文《こぶみ》』という紀行文があります。四十四歳になった芭蕉は、故郷の伊賀上野への旅を思い立ちました。その旅立ちにあたって弟子の其角の家で送別会が開かれたときに詠まれたのがこの句です。「身は風葉の行末なき心地して」と、冬の旅に向かう気持ちを「今日からは旅人と呼ばれよう」と詠んだのです。芭蕉は生涯、旅する俳人でした。

3　ウ　鷹　「いらご崎」は愛知県の渥美半島の先端にある岬です。『笈の小文』の旅の初めに、わざわざ引き返してこの地を訪れています。夢に見て泣くほどに溺愛していた、弟子の坪井杜国《つぼいとこく》に逢うためでした。この二人の関係は、語るのがタブーとされた時代があったほど、相当に妖しいのです。「見付てうれし」と詠んだ「鷹」とは、愛弟子・杜国のことでした。

4　ウ　はかなき　『笈の小文』の旅の終わりに、明石で詠まれた句。蛸壺は素焼きの壺で、それをいくつも縄に括り付けて海底に沈めます。岩穴と思った蛸はその中に入り込むのですが、翌朝には引き上げられて漁師に捕まってしまいます。そんなことも知らずに、はかない夢を見ている蛸に思いを馳せて、ペーソスのある俳諧味のある句になりました。夜空には夏の月。

5 ウ　遊女　『おくのほそ道』の終わりの方にある句です。文中では、新潟県の市振《いちぶり》で二人連れの遊女と同宿したことになっています。翌朝、二人に道連れとなるように頼まれたけれど断ったことにもなっています。しかし、この話は芭蕉の創作だろうというのが定説です。「萩と月」はどちらも秋の季語ですが、しみじみとした感じを伝えていますね。

6 イ　馬　『野ざらし紀行』という文章の中にある一句で、芭蕉の中期の傑作と言われているものです。「馬上吟」の前書きがありますから、芭蕉は馬の背に揺られていたのですね。道端の木槿の木には朝顔に似た花が咲いていたのでしょう。それを馬がぱくりと食べてしまったという、ただそれだけのことを詠んでいます。ただそれだけの俳句を作るのは難しいのです。

7 ウ　漏る　「ほととぎす」が夏の季語です。和歌にもその鳴き声が詠まれてきた鳥ですね。どこからか鳴き声が聞こえたのです。目の前には若竹がすんすんと伸びた大きな竹藪があり、空には明るい夏の月が上がっています。月は竹藪を包み込むように照らして、鬱蒼《うっそう》とした竹の葉の間を木洩れ日ならぬ木洩れ月となって降り注いでいるのです。

8　ア　言へば　芭蕉の句だということを知らなくても、どこかで耳にしたことがあるのではないでしょうか。「物言えば唇寒しね。余計なことは言わない方がいいのよ」と、「口は災いの元」ということわざのように使われることがありますね。芭蕉の句がこのようにして日常生活の中にまで入り込んでいることに驚きますけれど、秋風の実感として詠まれた気もします。

9　ウ　のつと　春先、まだ薄暗い朝、山路を歩いています。辺りには梅の香りが漂っているのです。そうこうするうちに東の方から太陽が昇りました。この句は、そこに使われている「のつと」という、日の出の様子を表現したオノマトペ（擬態語）が印象的な句ですね。この言葉には、お日様が梅の香りに誘われて、山の端から突然現れたような感じがありませんか？

10　ウ　夢　五十一歳の芭蕉は、旅先の大坂で病に倒れました。弟子たちも駆けつけますが、病状は悪くなるばかり。この句は亡くなる三日前に詠まれて、芭蕉の辞世の句とされるものです。旅の途中で病に倒れ、それでもなお夢の中では枯野を駆け巡っている自身の姿を見ていました。元禄七年（一六九四）十月十二日が命日となりました。お墓は近江の義仲寺《ぎちゅうじ》にあります。

蕪村の俳句

1　春《はる》の海《うみ》終日《ひねもす》（　　　）〱哉《かな》

ア　ぬらり　　イ　のそり　　ウ　のたり　　エ　ゆらり

2　（　　　）や月《つき》は東《ひがし》に日《ひ》は西《にし》に

ア　寒林《かんりん》　　イ　紅梅《こうばい》　　ウ　菜《な》の花《はな》　　エ　向日葵《ひまわり》

3　愁《うれ》ひつゝ（　　　）にのぼれば花《はな》いばら

ア　岡《おか》　　イ　崖《がけ》　　ウ　塔《とう》　　エ　屋根《やね》

4　（　　　）や彦根《ひこね》の城《しろ》に雲《くも》かゝる

ア　甘酒《あまざけ》　　イ　栗飯《くりめし》　　ウ　白玉《しらたま》　　エ　鮒《ふな》ずし

5　夏河《なつかわ》を越《こ》す（　　　）よ手《て》に草履《ぞうり》

ア　うれしさ　　イ　かなしさ　　ウ　さびしさ　　エ　をかしさ

6　秋《あき》たつや何《なに》におどろく（　　　）

ア　陰陽師《おんみようじ》　イ　菊人形《きくにんぎよう》　ウ　猿回《さるまわ》し　エ　能楽師《のうがくし》

7　葱買《ねぶかこう》て（　　　）の中《なか》を帰《かえ》りけり

ア　市《いち》場《ば》　イ　枯《かれ》木《き》　ウ　神《じん》社《じゃ》　エ　夕《ゆ》立《だち》

8　身《み》にしむや亡妻《なきつま》の（　　　）を閨《ねや》に踏《ふむ》

ア　影《かげ》　イ　櫛《くし》　ウ　足《た》袋《び》　エ　箸《はし》

9　山《やま》は暮《くれ》て野《の》は黄昏《たそがれ》の（　　　）哉《かな》

ア　あやめ　イ　桜《さくら》　ウ　薄《すすき》　エ　紅《も》葉《みじ》

10　鳥《と》羽《ば》殿《どの》へ五《ご》六《ろっ》騎《き》いそぐ（　　　）哉《かな》

ア　霞《かすみ》　イ　時《し》雨《ぐれ》　ウ　野《の》分《わき》　エ　夕《ゆ》焼《やけ》

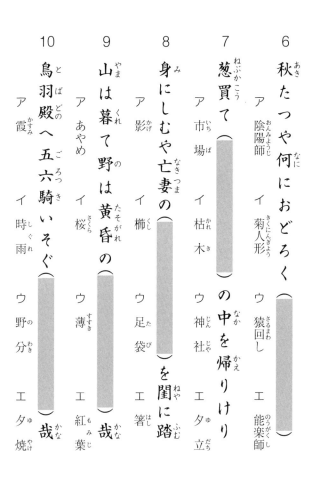

【ヒント】

1 のんびりと眠気を誘うような春の海のイメージですね。
2 山村暮鳥の詩に〈いちめんの○○○○／いちめんの○○○○〉というのがありました。
3 野いばらの花が咲いている場所はここしかありませんね。
4 彦根の街の近くには琵琶湖がありますね。これは彦根の名物です。
5 子どもの頃の気分にもどってみましょう。
6 小説や映画にもなった超能力を発揮する人です。有名なのは安倍晴明《あべのせいめい》。
7 「葱」もこれも、どちらも冬の季語です。
8 女の人が大事にしたものを考えてみましょう。
9 「幽霊の正体見たり枯れ尾花」というアレです。
10 歴史的事件に緊迫感を与えたいところですね。

1 ウ のたり　江戸時代の俳人、与謝蕪村の代表句のひとつです。「終日」は一日中ということ。古い俳句によく見られる「〲」は繰り返しの記号ですから、「のたりのたり」と読みます。眠気を誘うようなのどかな春の海を前にして、こんなオノマトペ（擬態語）を使って見せたのですね。「のたり」をリフレインして、眠気はさらに増すばかりかと。

2 ウ 菜の花 これも代表句のひとつで、蕪村が円熟期を迎えていた六十歳になるころの作と伝わっています。連句という俳句のゲームの中で作者は、月が東の空に昇るころ反対の西の空には夕日が沈んでゆく、そんな大きな景色をイメージの世界に描きました。その空間を鮮やかな菜の花の黄色で埋めています。対句を使って遊んでいる蕪村は得意げです。

3 ア 岡 「愁ひつゝ」と始まる句。なにか悲しいことがあったのですね。ひとり小高い岡に登ると、そこで清楚な白い花を付けた野茨をみつけたのです。この俳句、どこかフランスの抒情詩のような感じもしませんか？ 作者の悲しい思いを慰めるような「花いばら」。青春の抒情とロマンチシズムを感じますが、驚いたことにこれも円熟期の作品。蕪村はモダンです。

4 エ 鮒ずし 「彦根の城」は琵琶湖の近くにある、徳川幕府の譜代大名・井伊家の居城でした。「鮒ずし」は琵琶湖で獲れる鮒をなれ寿司にしたもので、日本三大珍味の一つとも言われるもの。城下の茶屋で、この珍味に舌鼓を打ちながらお城を見ていると、天守閣の辺りにかかる白い雲が日に留まったのですね。夏の日のさわやかな気分が伝わってきます。

5　ア　うれしさ　俳句では「うれしい」というような気持ちを直截的《ちょくせつてき》に詠んではいけないとされるのですが、蕪村のこの句は無邪気に喜んでいます。幼い頃の思い出が重なっていたかもしれません。草履を手にしているのですから、夏河を渡る作者は裸足です。水の冷たさや足裏に感じる砂利の感触、そうしたものすべてが懐かしく思い出される一句ではないでしょうか。

6　ア　陰陽師　小説や映画にもなって、現代の若い人たちにも知られる「陰陽師」が詠まれた一句です。ここに登場したのは、安倍晴明のような立派な陰陽師ではなく、簡単な占いなどを生業《なりわい》とする人ではないかと思うのです。「秋たつや」というと、「風の音にぞおどろかれぬる」の古歌が思い浮かびます。掲句の陰陽師は、風の音にも驚くような頼りない存在なのでしょう。

7　イ　枯木　蕪村は大坂生まれで、画家としても一家を成した人です。代表作の「夜色楼台図」は国宝になっているほどです。関東地方でも活動しましたが、晩年は関西を活動の拠点としました。一句にある「葱買て」も「ねぶかこおて」のように発音していたのでは。蕪村という俳人が、普段からどのような言葉の世界で暮らしていたかを想像したくなりますね。

8　イ　櫛　「身に入《し》む」が秋の季語です。何かを身に沁みとおるほど痛切に感じることですね。寝室の片隅で踏んだもの、手に取ると亡き妻の櫛だったというのです。しかし、この句が詠まれたとき、妻は健在で、蕪村の死後も長生きしています。だからこれは虚構の俳句です。女性の魂である髪、それにつながる櫛を素材として、詩的な想像力を遊ばせた俳句です。

9　ウ　薄　夕日が沈んだ遠くの景色を「山は暮て」と詠みました。そして作者の視線は目の前に広がる野の景色へと転じます。夕暮れどきの残照が残る秋の野原ですね。野原一面に、穂を開いて銀色に輝くすすきが風に揺れていたのでしょう。初句の「山は暮て」という字余りがゆったりとした幻想的な雰囲気を醸し出しているようです。

10　ウ　野分　一句に吹き荒れる「野分」は台風の風のことです。蕪村はこの句のように、歴史上の出来事から俳句を生み出したりもしています。「鳥羽殿」は鳥羽離宮のこと。鳥羽上皇の死が、保元の乱の引き金になりました。一大事が起こり、大風の中を騎馬武者が駆け抜けてゆくという緊迫感のある絵画的情景です。画家が本業であった蕪村の、面目躍如たる作品ですね。

一茶の俳句

1　秋《あき》の夜《よ》や旅《たび》の男《おとこ》の（　　）仕事《しごと》

ア　庭《にわ》　イ　野良《のら》　ウ　針《はり》　エ　藁《わら》

2　是《これ》がまあつひの栖《すみか》か（　　）

ア　夏座敷《なつざしき》　イ　春火鉢《はるひばち》　ウ　星月夜《ほしづくよ》　エ　雪五尺《ゆきごしゃく》

3　あの（　　）をとってくれろと泣子《なくこ》哉《かな》

ア　柿《かき》　イ　蟬《せみ》　ウ　凧《たこ》　エ　月《つき》

4　むまさうな（　　）がふうはりふはり哉《かな》

ア　蝶《ちょう》　イ　麦《むぎ》　ウ　餅《もち》　エ　雪《ゆき》

5　雪《ゆき》とけて村《むら》一《いっ》ぱいの（　　）哉《かな》

ア　笑顔《えがお》　イ　女《おんな》　ウ　子《こ》ども　エ　田《た》んぼ

6 我《われ》と来《き》て遊《あそ》ぶや（　　）のない雀《すずめ》

ア 家《いえ》　イ 親《おや》　ウ 友《とも》　エ 羽《はね》

7 猫《ねこ》の子《こ》がちょいと押《おさ》へる（　　）哉《かな》

ア 団扇《うちわ》　イ おち葉《ば》　ウ 歌留多《かるた》　エ 椿《つばき》

8 痩《やせ》蛙《がえる》（　　）一茶《いっさ》是《これ》に有《あり》

ア うごくな　イ こけるな　ウ 太《ふと》れよ　エ まけるな

9 雀《すずめ》の子《こ》そこのけ〱（　　）が通《とお》る

ア 一茶《いっさ》　イ 御馬《おんま》　ウ 鴉《からす》　エ 荷馬車《にばしゃ》

10 ともかくも（　　）任《まか》せのとしの暮《くれ》

ア あなた　イ 財布《さいふ》　ウ その日《ひ》　エ 日和《ひより》

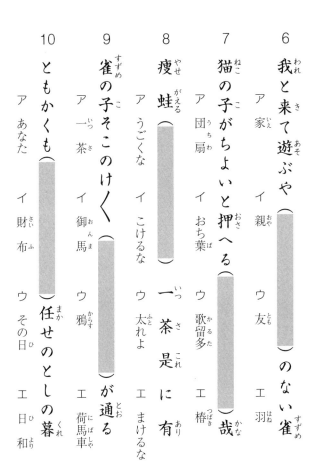

【ヒント】

1 「〇穴」「千人〇」「〇ねずみ」「〇小棒大」

2 一茶にとっての「つひの栖」（＝安住の地）となったのは、北信濃の柏原でした。

3 こんな無理な頼みごとをされたら、誰でも困りますよね。

4 「むまさうな」は「うまそうな」ということですよ。

5 雪国に春がやってきました。現代の日本では少なくなって問題になっていますね。

6 その恩は「山よりも高く、海よりも深い」と言われるありがたい存在です。

7 好奇心の強い子猫は、動くものに興味津々ですね。

8 「蛙合戦」というものを見に行った一茶は、弱い「痩蛙」を応援しています。

9 一茶がいまの時代にいたら「車が通る」と詠んだかも……。

10 借金取りが押し寄せる年末です。神仏に頼るよりほかありませんね。

1 ウ 針 芭蕉、蕪村と並んでよく知られる小林一茶は、その生涯のほとんどを旅に明け暮れした俳諧師でした。掲句は作者の自画像ですね。旅の途中で着物が裂けたり、足袋に穴があいたりしたのでしょう。薄暗い行灯のもとで、一人つくろいものをする一茶です。そんなみじめな「旅の男」を、いささか自嘲気味に詠んでいます。

2　エ　雪五尺　　晩年の一茶は、生まれ故郷である北信濃に戻ります。継母や義理の弟との壮絶な相続争いの末に、ようやく「つひの栖」に落ち着くことになりました。新潟県南魚沼の豪雪地帯に近い柏原は雪深いところ。ようやく得た安住の地での冬は、雪に埋もれていたのですね。「雪五尺」、雪が一メートルも二メートルも降り積もる、そんな一茶の古里です。

3　エ　月　　俳句でただ「月」と言えば、一年でも一番明るく美しい秋の月ということになります。この句を「名月を」としているものもあります。中秋の名月、空の真ん中に上がっている月を、子どもが指差して「あれを取っておくれよ」とせがんできたというのです。どこか作り物めいた感じがしないでもありませんが、子どもが好きな一茶は困ったことでしょう。

4　エ　雪　　「むまさうな」は「うまそうな」ということ。昔は「梅」を「むめ」と言ったりしましたから、古い時代の言葉です。「上見れば虫こ／中見れば綿こ／下見〜れば雪こ」というわらべ歌のように、「ふうはりふはり」と雪を降らせてみせたところが、雪国の作者ならではだと思います。歯の欠けた口を大きく開けている、子どものような一茶が見えるようです。

5　ウ　子ども　都会に住む人にはなかなか分からないことですが、冬の間じゅう雪に閉じ込められて暮らす人たちにとっては、春が来て、雪解けの季節を迎える喜びは格別のものです。雪の間から水蒸気の立つ黒い土が見えるようになる、それが雪国の春です。大人はもちろんですが、子どもにとってはなおさら嬉しいもの。「村一ぱいの」に、春を迎えた喜びが溢れています。

6　イ　親　一茶は幼いときに、可愛がってくれた母親を亡くします。父親は後妻を迎え、そこに義理の弟が出来ましたが、一茶にとってこの環境は厳しいものでした。家庭の中に居場所を失った弥太郎（＝一茶の幼名）は、雀の子に呼びかけて、自身の孤独を慰めようとしたのです。もちろんこれは追憶の句ですけれど……。中七を「遊べや」とした句も遺されています。

7　イ　おち葉　辛い思いを重ねた幼少期の体験のせいでしょうか。一茶は小さくて弱い生き物の句をよく詠みました。小学生でもすぐに口ずさむことの出来る句がたくさんありますね。掲句の子猫はなんとも可愛らしい。好奇心旺盛で、動くものを見るとちょっかいを出したくなるのです。風に吹かれる落葉に近づいて、ちょいと前脚で押さえる。よく見ていますね。

8　エ　まけるな　春先に繁殖のためにオスの蛙がメスの蛙を奪い合う、そんな現場を見に出かけた一茶の句です。ここでも一茶は、弱そうな「痩蛙」に感情移入して応援しています。難しそうなことは言わないので、芭蕉や蕪村より見劣りするように思うかもしれませんが、それも一茶の大きな魅力です。

9　イ　御馬　現代でも、車道でちょろちょろしている小鳥などが、車に轢かれるのではないかとハラハラすることがあります。一茶の気持ちも同じようなものですね。そこへ、「対馬祭」という狂言にある「馬場退け〳〵お馬が参る」という台詞を踏まえて仕立てたものと、ある解説書が教えています。他にある言葉を取り入れて使う、「裁ち入れ」という手法です。

10　ア　あなた　江戸時代の庶民は年末を迎えると大変でした。日常の買い物は掛売《かけう》りが普通でしたから、年の暮にクレジットの清算が一度にやってくるようなものだったのです。新しい年を迎えられるかどうかが一大事です。掲句にある「あなた」は仏様のこと。こうなったらもう、神仏を頼りにするしかないと。ほろ苦い一句になりました。

江戸時代の俳句

1　むめ一輪《いちりん》一りんほどの（　　　）　服部嵐雪

ア　あたゝかさ　イ　うつくしさ　ウ　白《しろ》さかな　エ　匂《にお》ひかな

2　うづくまる（　　　）の下《もと》のさむさ哉《かな》　内藤丈草

ア　炬燵《こたつ》　イ　畳《たたみ》　ウ　寝《ね》巻《まき》　エ　薬《や》缶《かん》

3　凩《こがらし》の果《はて》はありけり（　　　）の音《おと》　池西言水

ア　海《うみ》　イ　鐘《かね》　ウ　空《そら》　エ　山《やま》

4　下京《しもぎよう》や雪《ゆき》つむ上《うえ》の（　　　）の雨《あめ》　野沢凡兆

ア　春《はる》　イ　冬《ふゆ》　ウ　宿《やど》　エ　夜《よる》

5　（　　　）着《き》て寝《ね》たる姿《すがた》や東山《ひがしやま》　服部嵐雪

ア　合羽《かっぱ》　イ　羽織《はおり》　ウ　蒲団《ふとん》　エ　浴衣《ゆかた》

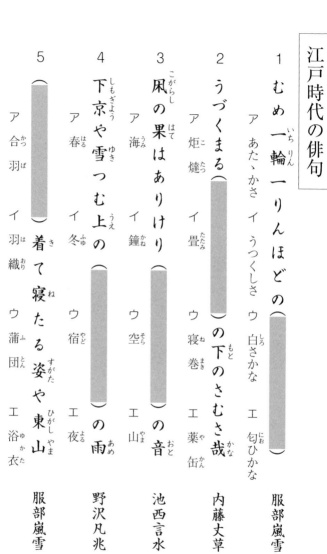

6 （　　）に衣《きぬ》さく音《おと》や更衣《ころもがえ》　宝井其角

ア 越後屋《えちごや》　イ 音羽屋《おとわや》　ウ 成田屋《なりたや》　エ 播磨屋《はりまや》

7 岩鼻《いわはな》やここにもひとり月《つき》の（　　）　向井去来

ア 影《かげ》　イ 客《きやく》　ウ 猿《さる》　エ 姫《ひめ》

8 さうぶ湯《ゆ》やさうぶ寄《よ》りくる（　　）のあたり　加舎白雄

ア 背《せ》　イ 乳《ち》　ウ 手《て》　エ 目《め》

9 十団子《とおだご》も小粒《こつぶ》になりぬ（　　）の風《かぜ》　森川許六

ア 秋《あき》　イ 夏《なつ》　ウ 春《はる》　エ 冬《ふゆ》

10 凩《こがらし》に二日《ふつか》の（　　）のふきちるか　山本荷兮

ア 客《きやく》　イ 月《つき》　ウ 街《まち》　エ 雪《ゆき》

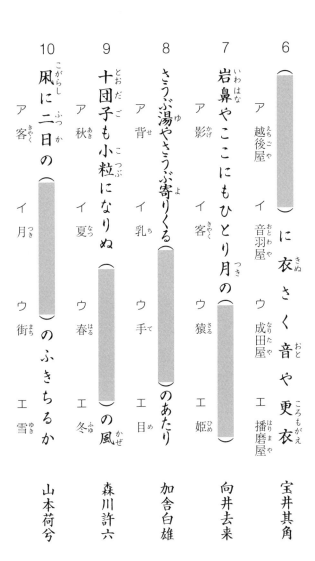

【ヒント】

1 梅の花が開くたびに春が近づいてくるのです。
2 煎じ薬を作るときに使うものです。
3 野山を吹き荒れた木枯しの終着地はどこでしょう?
4 モーツァルトの「アイネ・クライネ・ナハトムジーク」翻訳すると「小さな○の音楽」。
5 ○○が吹っ飛んだ～!
6 三越デパートのもとになった呉服屋の屋号は?
7 「○車」「豪華○船」「○員教授」「主○転倒」に共通するものは?
8 菖蒲湯に肩まで浸っている情景を思い描いてみましょう。
9 「ちいさい○　ちいさい○　ちいさい○　みつけた」。
10 「三日○」「半○」「満○」「お○見」に共通するものですよ。

1 ア あたゝかさ　嵐雪《らんせつ》は江戸時代前期の俳諧師で、芭蕉門下「蕉門十哲」の最古参の一人です。若い頃は相当な不良だったとか。掲句の「むめ」は「梅」のこと。春先に梅が花開き、辺りによい香りを漂わせます。日ごと花の数が増えるにつれて、季節も少しずつ春の気配を濃くしてゆくのですね。それを「一りんほどのあたゝかさ」が加わってゆくようだと詠んでいます。

2　エ　薬缶（薬を煎じる器のこと）　丈草《じょうそう》は江戸時代前期の人。尾張藩犬山領の武士で後出家。「蕉門十哲」の一人。一六九四年、大坂で病に倒れた芭蕉の許に集まった弟子たちに、芭蕉が作らせた中にこの句がありました。芭蕉は「丈草出来たり」と褒めました。師の死期が近いことを知った哀しみ。看病の席でうずくまるしかない気持ちをこの一句に籠めたのです。

3　ア　海　言水《ごんすい》は江戸初期、芭蕉と同時代を生きた俳人です。十代から俳句に専念したと伝えられています。掲句に詠まれた「海」は琵琶湖のこと。野山を吹き渡った木枯しは今、湖面に激しい波音を立てているのです。この波音が木枯しの終着点なのだと捉えました。昭和の俳人・山口誓子《せいし》はこの句を下敷きにして、〈海に出て木枯帰るところなし〉と詠みました。

4　エ　夜　凡兆《ぼんちょう》は芭蕉と同時代の人、掲句を巡る逸話からもかなり頑固な人だったらしいことが分かります。句会で「雪つむ上の夜の雨」をどうすればいいかを尋ねて、「下京や」となりました。不満げな凡兆に芭蕉は「もしまさる物あらば、我二度《ふたたび》俳諧をいふべからず」と強い調子で諭《さと》したと伝えられています。意固地な作者、零落して不遇な晩年を送ったとか。

5 ウ　蒲団　比叡山から南になだらかに続く京都東山の山並み、それは蒲団を被って寝ている人の姿のようだというわけです。「ああ、そうですか」というよりないのですが、一句のリズムがいいこともあり、よく知られる句になりました。季語は「蒲団」で冬の句。歳時記には「山眠る」という冬の季語もあるので、そうしたことからも妙に納得させられる一句です。

6 ア　越後屋　其角は「蕉門十哲」の一人ですが、「侘び寂び」という芭蕉の句風とは異なる派手好みな句づくりをしました。掲句の「越後屋」は、値札販売や切り売りといった新しいアイディアで繁盛した日本橋の呉服店のこと。現代ならばさしずめ「ユニクロ」といったところでしょうか。初夏の店先です。新しい時代を俳句にした革新性に評価が分かれました。

7 イ　客　去来も「蕉門十哲」の一人で、もっとも誠実に芭蕉のあとを慕った俳人です。『去来抄』という芭蕉を知るための貴重な本を遺しました。掲句は、月の美しい夜に散策をしていると、岩の突端に同じように月見をする風流人がいたというもの。しかし、芭蕉はこの「客」とは作者自身のこととした方が、句は何倍もおもしろくなると教えたと伝えられています。

8 イ 乳　加舎白雄《かやしらお》は江戸時代中期の俳人。芭蕉を慕って蕉風の復興に努めました。門人が四千人いたとも言われています。菖蒲湯を詠んだ掲句は、端午の節句の日に湯船に菖蒲の葉が散らされている、そんな銭湯の様子です。技巧を用いることなくあるがままの情景を句に詠みました。〈人恋し灯ともしごろをさくらちる〉のような現代にも繋がる俳句を遺しています。

9 ア 秋　許六《きょりく》は江戸時代前期の人で「蕉門十哲」の一人。彦根藩井伊家に仕えた武士で、武芸に優れ、剣術・馬術はもとより槍の名人でした。文芸にも通じていて、その才能を認めた芭蕉は、六芸に通じた才を讃えて「許六」の名を与えたそうです。掲句は、初めて芭蕉と対面したときに示した中の一句ですが、人生の哀感があると芭蕉が激賞したと伝わります。

10 イ 月　荷兮《かけい》は江戸前期の俳人で尾張藩士でした。芭蕉の門人でしたが、古典に憧れ古風な俳句を詠みました。「不易流行」の言葉を示して伝統に基づきながら常に新しみを求めた芭蕉とはすれ違うことに……。木枯しが吹き荒れる中に残る三日月より細い「二日の月」を詠んで「凩の荷兮」と呼ばれましたが、芭蕉とはどうもウマが合わなかったようです。

正岡子規の俳句

1　萩《はぎ》咲《さい》て（　　　）の家《いえ》に住《す》む

ア　根岸《ねぎし》の里《さと》　イ　春爛漫《はるらんまん》　ウ　ぺんぺん草《ぐさ》　エ　家賃五円《やちんごえん》

2　たらちねの花見《はなみ》の留守《るす》や（　　　）見《み》る　（母ノ花見ニ行き玉ヘルニ）

ア　暦《こよみ》　イ　手帖《てちょう》　ウ　時計《とけい》　エ　夢《ゆめ》を

3　フランスの（　　　）を封《ふう》す書信《しょしん》かな

ア　桜《さくら》　イ　菫《すみれ》　ウ　薔薇《そうび》　エ　紅葉《もみじ》

4　（　　　）長《なご》うして雨《あめ》ふらんとす

ア　くちなはの　イ　春《はる》の日《ひ》の　ウ　藤《ふじ》の花《はな》　エ　落日《らくじつ》の

5　（　　　）を奇麗《きれい》な風《かぜ》の吹《ふ》くことよ

ア　三月《さんがつ》　イ　正月《しょうがつ》　ウ　年《とし》の瀬《せ》　エ　六月《ろくがつ》

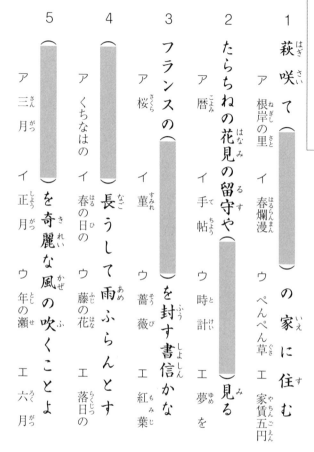

6
（　　　）に何《なに》もなきこそ涼《すず》しけれ
ア 裏山《うらやま》　イ 禅寺《ぜんでら》　ウ 頂上《ちょうじょう》　エ 我《わ》が庭《にわ》

7
（　　　）やベースボールの人《ひと》遠《とお》し
ア 寒林《かんりん》　イ 黄落《こうらく》　ウ 夏草《なつくさ》　エ 春《はる》めく

8
鶏《けい》頭《とう》の（　　　）ありぬべし
ア 数限《かずかぎ》りなく　イ 七八本《しちはっぽん》も　ウ 十四五本《じゅうしごほん》も　エ 僅《わず》か乍《なが》らに

9
小刀《こがたな》や鉛筆《えんぴつ》を削《けず》り梨《なし》を（　　　）
ア 描《か》く　イ 食《く》ふ　ウ 剝《む》く　エ 詠《よ》む

10
（　　　）咲《さい》て痰《たん》のつまりし仏《ほとけ》かな
ア 十薬《じゅうやく》　イ 糸瓜《へちま》　ウ 牡丹《ぼたん》　エ 夕顔《ゆうがお》

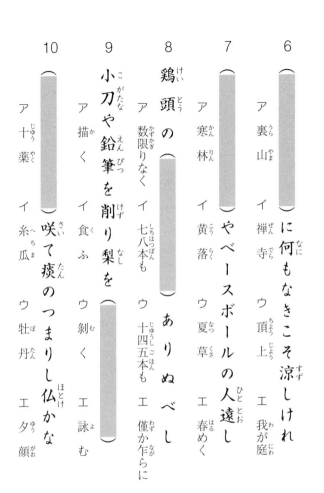

【ヒント】

1　こんなことまでが俳句になってしまうのかとビックリします。
2　「腕」「柱」「花」「日」の後ろに付く言葉は？
3　フランスの国旗は三色（＝トリコロール）、これにも三色のものがありますね。
4　「長うして」は「長くて」という意味です。長く垂れさがるものは？
5　多くの女性が憧れる「〇〇の花嫁」。
6　物のあふれる時代ですが、ここは物を捨て去ろうとする人たちが暮らす場所です。
7　芭蕉は「兵《つわもの》どもが夢の跡」という名句を残しましたね。
8　「ありぬべし」は「あるに違いない」という意味です。子規の家の庭の情景ですよ。
9　子規は一本の愛用の小刀をあれこれに使ったようですよ。
10　軒先などに作った棚にぶら下がっているあれです。

1　エ　家賃五円　こんなことが俳句になるのかと思わせるようなものですね。子規にしても漱石にしても、よく金銭についての記録を遺しています。明治三十一年、子規は碧梧桐《へきごとう》の兄に宛てた手紙に添えて、自らの墓碑銘について書いた紙を送っています。その末尾には「明治三十□年□月□日没ス　享年三十□　月給四十円」とあります。迫りくる死と向き合っていたのです。

2　ウ　時計　「たらちね（＝垂乳根）の」は母に掛かる枕詞です。前書きから分かるように、この日、母・八重は子規の弟子の河東碧梧桐に誘われて花見に出かけています。今頃はどの辺りだろうか、弁当を開いているだろうかといろいろ想像したことでしょう。そろそろ戻る頃ではないのかと時計を見る姿は、母の帰りを待つ心細い子どものようですね。子規の没年の一句。

3　イ　菫　好奇心旺盛な子規でしたが、ついにヨーロッパを訪れることは出来ませんでした。留学先の漱石に、絵葉書でもいいから送ってくれと言っています。当時の文化人にとって、ヨーロッパは憧れの地だったのです。そんな遠くの国から送られてきた手紙の中に、紫色の菫の押し花が入っていたのです。子規の喜びが伝わってくるようです。

4　ウ　藤の花　子規の詠んだ有名な短歌に〈瓶《かめ》にさす藤の花ぶさみじかければたゝみの上にとゞかざりけり〉があります。藤は子規の好みの花だったようです。掲句の「藤の花」にはまだ雨は降っていません。けれども、「ふらんとす」と言うのですから、いつ雨になってもおかしくない空模様です。雨に打たれる薄むらさき色の藤の花房に思いを馳せていたのでしょう。

5　エ　六月　「六月」には梅雨どきのじっとりとしたイメージがありますが、実際の「六月」はかなり爽やかな気分のいい季節だと思います。子規は、この季節の空気感を伝えるために「奇麗な風」と詠みました。「六月を」に使われている助詞の「を」はものの移動を伝えるものです。風の動きが見えてくるようではありませんか。下五の「吹くことよ」もいいですね。

6　イ　禅寺　「涼し」が夏の季語です。兼好法師が「暑き比《ころ》わろき住居は、堪《た》へがたきことなり」（『徒然草』第五十五段）と書いているとおり、この国の夏の暑さは凄《すさ》まじいものですね。簾を掛けたり、風鈴を吊ったりして、なんとか暑さを凌《しの》ごうとします。しかし、衣食住のすべてを捨て去る方向に向かう禅寺です。何もないこと、それこそが涼しいのだと詠んでいます。

7　ウ　夏草　明治時代にアメリカから持ち込まれた「ベースボール」に子規は熱中しました。ユニフォームを着た自らの雄姿も写真に残しています。遠くの方で野球に興じる人たちを詠んだ一句。〈久方のアメリカ人のはじめにしベースボールは見れど飽かぬかも〉という、ちょっと万葉調を思わせるような短歌を残したりもしています。

8　ウ　十四五本も　　病床にいて思うように動けなくなった子規が、自宅で開かれた句会に出した句です。家の庭には鶏頭の花が咲くころだけれど、それを見ることも出来ない子規です。そこで「十四五本もあるに違いない」と詠んだのです。この句については、肯定派と否定派の大論争が起きましたが、死を間近にした子規の心象風景であるとして決着しました。

9　ウ　剝く　　上五でいきなり大上段に振りかぶっている「小刀や」がおもしろいですね。子規はあまり細かいことに拘《こだわ》らない人だったようです。鉛筆を削った同じ小刀で梨を剝くことに、なんの抵抗もなかったような気配です。しかし、病状がいよいよ進んだとき、自らの命を絶とうとしたのもこの小刀であったことを知ると、切なさが胸に迫ります。

10　イ　糸瓜　　明治三十五年九月十九日の死の前日に、妹の律が支える画板に最期の力を振り絞って書いた絶筆三句のなかの一つで、子規の辞世の句とされています。喉に痰が絡んで苦しい子規でした。糸瓜の水には去痰《きょたん》作用があるとされていたのです。死の床にある自分の姿を、「痰のつまりし仏」と客観視していることに驚かないわけにはいきません。

高濱虚子の俳句

1　春《はる》風《かぜ》や（　　　）いだきて丘《おか》に立《た》つ

ア　吾子《あこ》を　イ　闘《とう》志《し》　ウ　夢《ゆめ》を　エ　喇《らっ》叭《ぱ》

2　たとふれば（　　　）はじける如《ごと》くなり

ア　栗《くり》の　イ　木《こ》の実《み》　ウ　独楽《こま》の　エ　発条《ばね》の

3　（　　　）おくれ走《はし》りてつながりし

ア　遠足《えんそく》の　イ　春眠《しゅんみん》や　ウ　雀《すずめ》の子《こ》　エ　風船《ふうせん》の

4　（　　　）といふといへども紅《こう》ほのか

ア　残《ざん》菊《ぎく》　イ　白《はく》牡《ぼ》丹《たん》　ウ　一人静《ひとりしずか》　エ　侘《わび》助《すけ》

5　彼《かれ》一《いち》語《ご》我《われ》一《いち》語《ご》（　　　）深《ふか》みかも

ア　秋《あき》　イ　虹《にじ》　ウ　春《はる》　エ　雪《ゆき》

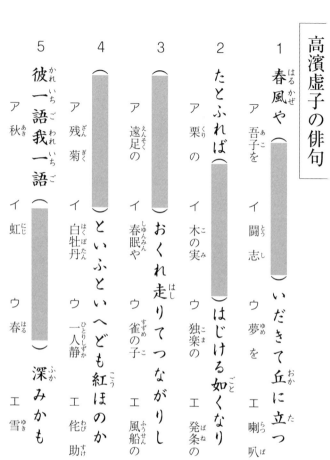

6 流《なが》れ行《ゆ》く（　　）の早《はや》さかな

ア 蘆《あし》の若葉《わかば》　イ 大根《だいこん》の葉《は》　ウ 天満祭《てんままつり》　エ 春一番《はるいちばん》

7 大空《おおぞら》に羽子《はね》の（　　）とどまれり

ア 上《あ》がりて　イ 音《おと》のみ　ウ 白妙《しろたえ》　エ ためらひ

8 東山《ひがしやま》静《しず》かに（　　）の舞《ま》ひ落《お》ちぬ

ア 凧《たこ》　イ 蝶《ちょう》　ウ 月《つき》　エ 羽子《はね》

9 （　　）とる皆美《みなうつく》しく負《ま》けまじく

ア 歌留多《かるた》　イ 相撲《すもう》　ウ 蜻蛉《とんぼ》　エ マスク

10 （　　）かなしきことをうつくしく

ア 風車《かざぐるま》　イ 菊人形《きくにんぎょう》　ウ 金魚売《きんぎょうり》　エ 手毬唄《てまりうた》

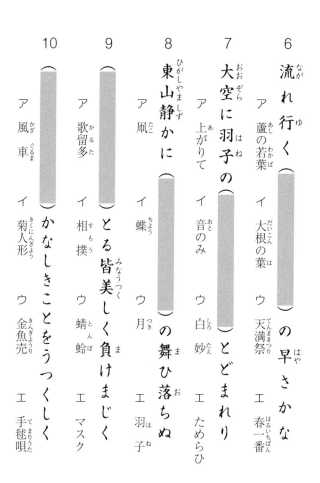

【ヒント】

1 掻き立てたり、燃やしたりするものですよ。

2 「駒」「狛」「高麗」と同じ読み方をするものです。

3 小学生の頃にはみんなが楽しみにしていたものです。

4 「〜といふといへども」とありますから、下の「紅ほのか」に関わるものを考えましょう。

5 「読書の○」「芸術の○」「スポーツの○」というと？

6 「桜島○○」「○○役者」「○○脚」「○○おろし」。

7 羽子つきの情景がストップモーションのように描かれていますよ。

8 京都のお正月風景を詠んだ句です。

9 これもお正月の句です。お正月に「とるもの」と言えば？

10 「あんたがたどこさ、肥後さ、肥後どこさ♪」

1 イ 闘志 子規の後を継ぎ、雑誌『ホトトギス』の小説に専念して俳句から遠ざかっていた虚子が、俳壇に復活することを宣言したとされる三十九歳のときのものです。そのころ、同じく子規の弟子だった河東碧梧桐は、季語や五七五の定型にとらわれない新傾向俳句というものを提唱していましたが、それに対して、伝統的な俳句を重んじた虚子は猛反発をしたのです。

2　ウ　独楽の　虚子と碧梧桐は松山の小学生時代からの友人同士でしたそんな二人でしたが、俳句に関しては違う道を歩んだのです。この句は、碧梧桐の死に際して詠まれたものです。虚子は「碧梧桐とはよく親しみよく争ひたり」と述べました。す〜っと寄り添ったかと思うと、カチッとぶつかって離れてしまう。そんな喧嘩独楽に二人の関係を喩えたのですね。

3　ア　遠足の　「遠足」が春の季語です。「おくれ走りてつながりし」と、動詞を三つも重ねています。俳句では、動詞を使うと説明的になると言われますが、この句はどうでしょう。小学生の遠足の列を思い描いてみましょう。一人の子どもが道草をして遅れ、急いで友達を追いかけて、再び列に加わることが出来ました。映画の一場面を見るようではありませんか？

4　イ　白牡丹　「花の王」と呼ばれる牡丹の美しさを丁寧に写生した句です。名前は「白牡丹」だけれど、花びらにはうっすらと紅をさしているというのです。色の対比が美しいですね。「紅ほのか」に余韻が感じられます。上五が「はくぼたんと」と字余りになっていますが、五七五のリズムをあえて崩したことで印象深くなったのです。虚子の代表句の一つです。

5 ア　秋　二人の男がいます。彼がひと言ポツリと言う。すると私がひと言ポツリと言う。言葉がなくても気持ちが通じる二人です。こんな情景の中で、深まりゆく秋を感じています。山本健吉という文芸評論家が、「主客対座。静かに、ポツリポツリと言葉が交わされている。その座の雰囲気に、深まる秋の気が感じられる」と書きました。「かも」は万葉調の詠嘆の言葉です。

6 イ　大根の葉　「大根」が冬の季語です。昭和三年、東京世田谷の九品仏《くほんぶつ》で行われた句会の帰り道です。橋の上から小川を見ていた虚子は、そこをさ〜〜っと流れてゆく大根の葉っぱ、その速さにおもしろ味を感じたと言っています。虚子の代表句の一つとして教科書にも載るものです。芭蕉は「俳諧は三尺の童《わらべ》にさせよ」と言いましたが、この句はまさに子どもの眼ですね。

7 ウ　白妙　昨今ではまったく見られなくなった羽子つき遊びですが、昔は「ひとご、ふたご、みわたしよめご」といった羽根つき唄を唱えながら遊んだものです。「白妙」は白い色のこと。「白妙の」というと、「衣」や「袖」に掛かる枕詞になります。「白妙の羽子」でなく「羽子の白妙」として色そのものに焦点を当てています。ストップモーションのような一句です。

8 エ 羽子　羽根つき遊びの句が並びました。前の句の背景には、ピンと張り詰めたお正月の青い空がありました。この句の背景になっているのは京都の東山連山ですね。静かに舞い落ちてくる羽子はスローモーション映像のようです。古都のお正月ののどかな雰囲気が感じられるのではないでしょうか。遊びに興じているのは舞妓さんかもしれませんね。

9 ア 歌留多　これもお正月風景です。昔ながらのこうしたのどやかな情景はいいものですね。虚子は二男六女をもうけましたし、お正月ともなると親類縁者も加わってさぞ賑やかだったことでしょう。女の人たちは美しく着飾っていたのです。「負けまじく」というのは、「絶対に負けないぞ！」という意味です。歌留多取りの情景がよく伝わってきます。

10 エ 手毬唄　ダメ押しのようにもう一つお正月の句になりました。「手毬唄」が新年の季語なのです。これも絶滅危惧種となった女の子の遊びですね。「あんたがたどこさ」というような唄も歌われなくなりましたが、この唄の中では、仙波山《せんばやま》に住んでいた狸が煮られて焼かれて食べられてしまいます。子どもたちはこんな歌詞に頓着することもなく遊び続けるのです。

『ホトトギス』の俳人

1　遠山《とおやま》に日《ひ》の当《あた》りたる（　　）かな　　高濱虚子

ア　枯《かれ》野《の》　イ　大暑《たいしょ》　ウ　野分《のわけ》　エ　春田《はるた》

2　赤《あか》い（　　）白《しろ》い（　　）と落《お》ちにけり　　河東碧梧桐

ア　木《こ》の実《み》　イ　ダリヤ　ウ　椿《つばき》　エ　牡丹《ぼたん》

3　芋《いも》の露《つゆ》（　　）影《かげ》を正《ただ》しうす　　飯田蛇笏

ア　野山《のやま》は　イ　富士山《ふじさん》　ウ　ふるさと　エ　連山《れんざん》

4　（　　）名山《めいざん》けづる響《ひびき》かな　　前田普羅

ア　秋出水《あきでみず》　イ　滴《したた》りの　ウ　冬《ふゆ》の波《なみ》　エ　雪解川《ゆきげがわ》

5　方丈《ほうじょう》の大庇《おおびさし》より（　　）　　高野素十

ア　赤蜻蛉《あかとんぼ》　イ　燕《つばめ》の子《こ》　ウ　春《はる》の蝶《ちょう》　エ　冬《ふゆ》の雁《かり》

6　（　　）の上《うえ》に水現《みずあらわ》れて落《お》ちにけり　後藤夜半

ア　鴨《かも》　イ　滝《たき》　ウ　露《つゆ》　エ　虹《にじ》

7　滝《たき》落《お》ちて群青《ぐんじょう》世界《せかい》（　　）　水原秋櫻子

ア　美《うつく》しき　イ　静《しず》まりぬ　ウ　とどろけり　エ　広《ひろ》がりぬ

8　翅《はね》わつて（　　）の飛《と》びいづる　高野素十

ア　秋《あき》の蛍《ほたる》　イ　枯蟷螂《かれとうろう》　ウ　てんたう虫《むし》　エ　みんみん蟬《ぜみ》

9　ところてん（　　）のごとく沈《しず》みをり　日野草城

ア　芥《あくた》　イ　硝子《がらす》　ウ　毛糸《けいと》　エ　煙《けむり》

10　（　　）と月光《げっこう》降《ふ》りぬ貝割菜《かいわりな》　川端茅舎

ア　ずんずん　イ　ひらひら　ウ　ぽたぽた　エ　ゆらゆら

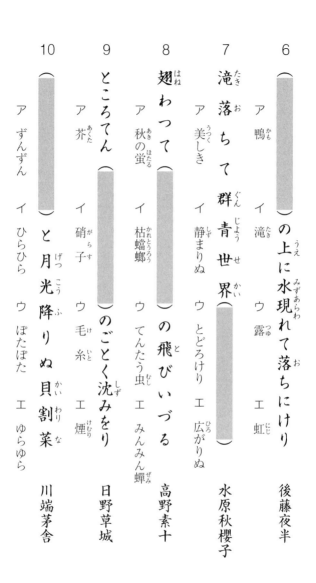

【ヒント】

1　日の当たる夕方の山と取り合わせるものを考えましょう。
2　赤や白で、ポトリと落ちるものというと？
3　大きな芋の葉の中に溜まった露の珠《たま》に映ったものは？
4　山国の春を詠んだ堂々とした句です。
5　お寺の大きな庇から何が飛び出したと思いますか？
6　これはスローモーション映像を見るような写生の句です。
7　答を漢字にすると「車」が三つ必要ですね。
8　可愛らしい感じのする昆虫です。
9　器の中に沈んでいる心太《ところてん》、あなたなら何のようだと思いますか？
10　貝割菜の小さな葉に降り注ぐ月の光をどう表現しますか？

『ホトトギス』は正岡子規から始まり、それを高濱虚子が発展させ、今日にもつながるもっとも古い俳句雑誌です。明治から大正、昭和の時代にかけて多くの俳人を輩出しました。

1　ア　枯野　遠景と近景の対照を味わいたい句です。枯野をはさんで遠くに見える山に日が当たっています。この山は虚子のふるさと松山の、道後の後ろに見える温泉山でした。当時二十六歳だった虚子は、枯野の向こうにそれとは対照的な日の当たる山の明るさを見て「何か頼りになるものがあった」と言っています。

2 ウ　椿　椿は花そのものがポトリと落ちるものですね。牡丹やダリヤの花びらは一枚ずつ散りますから、「落ちにけり」にはふさわしくないようです。この句は、五七五ではなく六七五という破調の句です。作者の河東碧梧桐は子どもの頃から虚子と親しんできましたが、新しい俳句の形を求めて、結局は虚子とは違う道を歩むことになりました。

3 エ　連山　飯田蛇笏は山梨の俳人です。この句にある「芋」はサトイモです。あの大きな葉の真ん中の窪みに露が集まって珠のようになっているのです。その露に映っているのは、作者の目の前に連なる南アルプスの山並だというわけです。小さな露から生まれた大きな景色が、見事に映像化されています。居住まいを正しているのは作者でもあるのです。

4 エ　雪解川　作者の普羅《ふら》は「名山けづる響かな」と詠んでいますから、この何かは鋭く激しい音を立てていることが想像出来ます。また、これは山国の情景であることも読み取れます。「雪解川」は、春の雪解けの頃に川を濁らせて、ごうごうと音を立てて流れるものです。その音が聳《そび》え立つ山々を削っているようだと詠んだのです。

5　ウ　春の蝶　「方丈」というのは、元は僧侶の住む小さな部屋のことですが、この句の場合にはお寺のことを言っています。「大庇より」ですから、大きな屋根の下から蝶が飛び出したのです。大庇と対照的な小さな蝶です。暗がりを出て、光を浴びながらキラキラと舞う蝶には、命の輝きが感じられます。見事な写生の句ですね。

6　イ　滝　夏の季語である「滝」を詠んだ有名な句です。大阪にある箕面《みのお》の滝を詠んだもの。途切れることなく落ち続ける滝の水のありさまを、まるでスローモーション映像のように切り取っています。崖の上に流れてきた水が行き場を失って滝となって落ちる、その瞬間を見事に描いてみせました。誰もが納得する情景ではないでしょうか。

7　ウ　とどろけり　作者の水原秋櫻子《しゅうおうし》は、俳句に「文芸上の真」を求めました。掲句は和歌山県にある落差日本一の那智の滝を詠んだものです。高さ一三三メートルから滝壺に落下する滝。周囲に広がる深山幽谷を「群青世界」としたのは作者の造語ですが、轟々と落ちる滝の音が壮大な景色に響き渡ります。東山魁夷《かいい》の描く日本画を彷彿させます。

8　ウ　てんとう虫　高野素十《すじゅう》という俳人は、写生の名人と言われました。ものをじっくりと見て俳句を作った人です。黒い星の模様のある赤い翅を持つ、あの小さな天道虫が飛び立つ時の様子、それを「翅わつて」と、しっかり写生しているのです。硬い翅が割れると、中に折りたたまれていた薄い翅が開きます。機会があれば観察してみてください。

9　エ　煙　「ところてん」は寒天を突き出して麺のように細くし、酢醤油をかけて辛子を添えたり、黒蜜をかけたりしていただく夏の食べ物ですね。それが器の底に沈んでいる様子を詠んだ句です。器の中に沈んだ心太は、透き通ってモヤモヤとしています。それを草城《そうじょう》は「煙のようだ」と捉えたのです。比喩の句は難しいのですが、これには納得するのでは。

10　イ　ひらひら　スーパーや八百屋の店先で売られている「貝割菜」の、あの小さな葉を思い描いてみましょう。月明かりの夜、その月明かりを「月光降りぬ」と詠んでいます。月の夜の美しい情景ですね。選択肢の「ひらひら」「ゆらゆら」で迷うところですが、貝割菜の小さな葉に月光が降りそそぐ様子を感覚的に捉えた句です。

夏目漱石の俳句

1 叩《たた》かれて昼《ひる》の蚊《か》を吐《は》く（　　）哉《かな》

ア 地《じ》蔵《ぞう》　イ 太《たい》鼓《こ》　ウ 盥《たらい》　エ 木《もく》魚《ぎょ》

2 （　　）殿《どの》のうたれぬ江《え》戸《ど》は雪《ゆき》の中《なか》

ア 井《い》伊《い》　イ 木《き》曽《そ》　ウ 吉《き》良《ら》　エ 鳥《と》羽《ば》

3 古《こ》往《おう》今《こん》来《らい》切《き》って血《ち》の出《で》ぬ（　　）かな

ア 海《なま》鼠《こ》　イ 蜜《み》柑《かん》　ウ 目《め》刺《ざし》　エ 若《わか》布《め》

4 降《ふ》る雪《ゆき》よ（　　）ばかりは積《つも》れかし

（逢恋）

ア 五《ご》尺《しゃく》　イ 今《こ》宵《よい》　ウ 少《すこ》し　エ 我《われ》に

5 （　　）程《ほど》な小《ちい》さき人《ひと》に生《うま》れたし

ア 貝《かい》　イ 菫《すみれ》　ウ 露《つゆ》　エ 星《ほし》

6 筒袖《つつそで》や秋《あき》の（　　）にしたがはず

ア 宴《うたげ》　イ 思《おも》ひ　ウ 僧侶《そうりょ》　エ 柩《ひつぎ》

7 手《た》向《む》くべき（　　）もなくて暮《くれ》の秋《あき》

ア 一《いっ》花《か》　イ 供《く》物《もつ》　ウ 線《せん》香《こう》　エ 団《だん》子《ご》

8 秋《あき》風《かぜ》やひゞの入《い》りたる（　　）

ア 胃《い》の袋《ふくろ》　イ 硝子瓶《がらすびん》　ウ 鍋《なべ》の蓋《ふた》　エ 屋根瓦《やねがわら》

9 有《あ》る程《ほど》の（　　）抛《な》げ入《い》れよ棺《かん》の中《なか》

ア 菊《きく》　イ 雛《ひな》　ウ 文《ふみ》　エ 餅《もち》

10 ちら〱と陽炎《かげろう》立《た》ちぬ（　　）の塚《つか》

ア 京《きょう》　イ 友《とも》　ウ 猫《ねこ》　エ 山《やま》

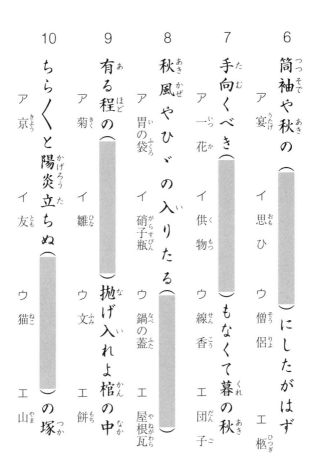

【ヒント】

1 お坊さんがお経を詠むときに使うものです。

2 元禄時代に江戸で起きた大事件をテーマにしています。敵役《かたきやく》となったのは？

3 「古往今来」は昔から今までずっとの意味。グロテスクな形をしたものですよ。

4 王朝時代の男女の秘め事、今の時代にも通じる気持ちかもしれません。

5 「～程な」の部分が字余り。そうなると答は一つですね。

6 「〇にしたがはず」とは、お葬式に出られなかったという意味です。

7 「伽羅（きゃら）」「白檀（びゃくだん）」「沈香（じんこう）」などの種類がありますね。

8 「修善寺の大患」、大吐血した漱石は生死の境をさ迷うことになりました。

9 告別式での最後のお別れの儀式を思い浮かべてみましょう。

10 この「塚」（＝お墓）、実は夏目家の庭の片隅にありました。

1 エ　木魚　作家になる前、まだ夏目金之助だったころから、子規の手ほどきで俳句をたくさん作りました。ウィットの利いた洒脱なものが多いのです。どこまでが写生で、どこからが創意なのかは分かりません。ポクポクポクと叩かれていた木魚の割れ目から、プ～～～ンと蚊が飛び出したというのです。それを、叩かれた木魚が吐き出したとしたところがユーモラスです。

2 ウ 吉良　中国や日本の歴史に材を取った句も得意としていました。季語に「雪」を使ったこの句は、ドラマや映画でもよく取り上げられる江戸時代に実際にあった赤穂浪士の討ち入り事件がテーマです。主君の敵討ちということで師走の雪のふる深夜に、本所松坂町にあった吉良《きら》上野介《こうずけのすけ》の屋敷を襲撃した大事件でした。「うたれぬ」は「討たれた」という意味です。

3 ア 海鼠　「海鼠」が冬の季語です。食べるとコリコリして美味しいものですが、見た目はとてもグロテスクなものですね。「昔から海鼠は切っても血が出ないのだ」と、どうでもいいようなことを俳句にして喜んでいるのです。漱石は『吾輩は猫である』の中で、気味の悪い海鼠を最初に食べた人はその胆力、つまり度胸は見上げたものだと書いてもいます。

4 イ 今宵　明治二十九年に「恋」をテーマにして子規に見てもらおうと送った十五句のうちの一つです。写生の句ではなく、漱石が戯《たわむ》れに作った句でしょう。ここには王朝時代の男女の恋がうかがえます。夜になって雪が降ってきたのです。あなたとお別れしたくない。だから雪よ、今夜だけは積もる程に降ってくださいねと。「かし」は念押しの助詞です。

5　イ　菫　漱石は写真で見るといつも難しい顔をしていますが、とても親切で温かみのある人だったようです。ただ、人間社会は煩わしいものだと思っていたことが、小説『草枕』の冒頭に「とかくに人の世は住みにくい」とあることからも分かります。生まれ変わるなら、道端に忘れ去られたように健気《けなげ》に咲く菫のようなものになりたいと告白しています。

6　エ　柩／7　ウ　線香　前書きに「倫敦《ロンドン》にて子規の訃を聞きて」とあるうちの二句です。明治三十五年九月十九日、東京にある根岸の家で子規は三十六歳の生涯を閉じました。この時、漱石は政府からの留学生としてロンドンに派遣されて鬱々とした日々を過ごしていました。「筒袖や」というのは、着物ではなく洋服を着て外地にいる自らの姿のことです。外国への一般の通信手段は船便だけのころですから、漱石に訃報が届いたのはずっと後のことでした。葬儀もすべて終わっていました。子規は漱石を「畏友《いゆう》」として尊敬し、漱石は子規が好きで俳句の師と仰いでいました。外国にいて親友の葬儀に臨むことも出来なかったというその悲痛な思いが、読む者に切なく伝わってきますね。

8　ア　胃の袋　甘いものが好きで、瓶のジャムを舐めていたという逸話もある漱石です。新聞の連載小説を抱えて締め切りに追われる生活がストレスにもなったでしょう。明治四十三年、四十三歳の漱石は胃潰瘍の療養のために伊豆修善寺に滞在していましたが、そこで大吐血をして危篤《きとく》状態に陥りました。そんな自らの病気のことを、こんな俳句に残したのです。

9　ア　菊　前書きに「床の中で楠緒子さんの為に手向の句を作る」とある一句です。大塚楠《な》緒《お》子《こ》は、漱石の親友の妻、美貌で才女でしたが三十五歳の若さで亡くなります。漱石にとってはマドンナ的な存在でした。自分は病気で葬儀に行けないけれど、そんな自分に代わって、ありったけの菊をお棺の中に入れてあげてほしいと……。漱石俳句の中でも有名なものです。

10　ウ　猫　いつの頃か、夏目家に一匹の黒い野良猫が迷い込みました。「名前はまだ無い」というこの猫に漱石は随分と癒されます。そしてあの小説のヒントも得たのです。猫が死んだときには知人に死亡通知まで出し、庭の隅に墓を作り、その墓標の裏には〈此の下に稲妻起る宵あらん〉と認《したた》めました。そんな猫の墓、春先には陽炎が立っていたのです。

芥川龍之介の俳句

1　（　　　）おのれもペンキぬりたてか

ア　青《あお》蛙《がえる》　イ　油《あぶら》虫《むし》　ウ　黄金虫《こがねむし》　エ　熱帯魚《ねったいぎょ》

2　蝶《ちょう》の舌《した》（　　　）に似《に》る暑《あつ》さかな

ア　渦《うず》巻《まき》　イ　ストロー　ウ　ゼンマイ　エ　竜《たつ》巻《まき》

3　癆《ろう》咳《がい》の（　　　）美《うつく》しや冬《ふゆ》帽《ぼう》子《し》

ア　髪《かみ》　イ　頬《ほほ》　ウ　耳《みみ》　エ　指《ゆび》

4　木《こ》がらしや（　　　）にのこる海《うみ》のいろ

ア　瓦《かわら》　イ　小海老《こえび》　ウ　眼《め》鏡《がね》　エ　目《め》刺《ざし》

5　初《はつ》秋《あき》の（　　　）つかめば柔《やわら》かき

ア　蝗《いなご》　イ　稲《いな》穂《ほ》　ウ　仔《こ》猫《ねこ》　エ　日《ひ》差《ざ》し

6　水洟《みずばな》や（　　）の先《さき》だけ暮《く》れ残《のこ》る　（自嘲）

ア　足《あし》　イ　鼻《はな》　ウ　膝《ひざ》　エ　眉《まゆ》

7　（　　）や手《て》を洗《あら》ひをる夕《ゆう》ごころ

ア　元日《がんじつ》　イ　花冷《はなび》え　ウ　水無月《みなづき》　エ　身《み》に入《し》む

8　麦埃《むぎほこり》かぶる（　　）の眠《ねむ》りかな　（洛陽）

ア　仔犬《こいぬ》　イ　童子《どうじ》　ウ　荷馬《にうま》　エ　農夫《のうふ》

9　切支丹坂《きりしたんざか》を下《お》り来《く》る（　　）哉《かな》

ア　暑《あつ》さ　イ　霞《かすみ》　ウ　小春《こはる》　エ　寒《さむ》さ

10　兎《うさぎ》も片耳《かたみみ》垂《た》るる（　　）かな　（破調）

ア　時雨《しぐれ》　イ　淑気《しゅくき》　ウ　大暑《たいしょ》　エ　日永《ひなが》

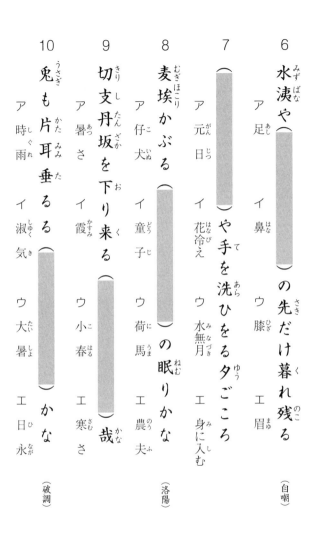

【ヒント】

1　ペンキ塗り立てのぬるぬる、べとべとした感じをイメージしてみましょう。
2　「蝶の舌」と言っているのはその口許《くちもと》のことです。どんな形をしていますか？
3　「痨咳」は結核のこと。この病を養う人の肌は透き通るようだと言われました。
4　「海のいろ」は当然のことながら青系統のものですね。
5　アフリカ辺りでは大発生して穀物を食い荒らしますね。
6　芥川龍之介の代表作にもこれがありました。
7　カレンダーにある最初の国民の祝日です。
8　芥川が書いた『杜子春』の情景が重なってしまいました。
9　「切支丹」という言葉のイメージから浮かぶ季語は何でしょう。
10　兎の片耳が垂れさがる、それほどの季節だというわけです。

1　ア　青蛙　夏目漱石に見いだされて華々しく文壇にデビューした芥川龍之介は、俳句にも熱心に取り組みました。「青蛙」のあのぬるっとした感じを「ペンキぬりたてか」とコミカルに詠んでいます。フランスの詩人・ルナールの『博物誌』にある、〈青トカゲ　ペンキ塗り立てご用心！〉を下敷きにしたとか。小説でも古典などにヒントを得た芥川らしいですね。

2　ウ　ゼンマイ　「ゼンマイ」は漢字で「発条」と書く、玩具や時計に用いられるあの渦巻状の動力装置です。「暑さ」が夏の季語ですから、この蝶は揚羽蝶あたりでしょう。くるくると丸めていた口吻《こうふん》という管を伸ばして花の蜜を吸っているのです。それを「蝶の舌」と言って、ゼンマイに喩えてみたのです。小説家の遊び心が作らせた句ですね。

3　イ　頬　「癆咳」は結核のことです。ペニシリンなどはなく、医療環境も整っていなかった時代には、不治の病として怖れられたものです。この病気に冒されると、肌が透き通るように白く見えたといいます。帽子を被って冬の寒さの中をゆく人は、咳をして、その頬には少し赤味が差していたのです。

4　エ　目刺　「目刺」は春の季語で季重なりですが、この句は上五に切れ字の「や」を付けてどんと坐っている「木がらし」を季語としています。季重なりであっても、どちらかに重きが置かれていればよしとされます。木枯しが吹く寒々とした景色の中にいて、銀色と濃い藍色の輝きを持つ鰯が泳いでいる、その海の色を思い描いているのですね。

5 ア　蝗　アフリカなどで大量発生して空を覆いつくし、作物を食い荒らすあの昆虫。飛蝗《ばった》より小ぶりですが稲作にも害をなすとされています。掲句の蝗は一匹。秋の初めにたまたま作者がみつけて手に取ったもの。「柔かき」という表現に、穏やかな初秋の日差しを感じたりもします。蝗は秋の季語ですが、季重なりは佳句名句と言われるものの中にも多く見られます。

6 イ　鼻　「自嘲」という前書きが意味深長ですね。多くの名作を残した作家は、昭和二年七月二十四日、「ぼんやりした不安」という言葉を残して自らの命を絶ちました。三十五歳でした。この句は辞世の句として取り沙汰されたりしますがどうでしょうか。一句の季節は冬ですね。水洟の垂れる鼻の先だけに焦点の当たる自身の姿を描いて、どこか凄惨な感じがします。

7 ア　元日　私の俳句の師である飛高隆夫（故人）は、句会の席で「本当に佳い句というのは説明のしようがないものだ」と言うことがありました。芥川のこの句などはそれに当たるのではないかと思うのです。元日の夕暮れどき、廊下の端のトイレに行きそこで手を洗った。辺りはすでに暮れなずみ、作者はそこに「夕ごころ」という言葉を添えました。味わうしかない。

8　イ　童子　芥川龍之介は大正十年に中国を旅しています。掲句には「洛陽」という前書きがありますから、そのときの作品です。この句の中の童子は脱穀した麦の埃が舞う中で穏やかに眠っています。洛陽で童子となると、思い出すのは『杜子春』という小説です。子どもにも親しまれているものですね。掲句の童子の眠りにはどんな夢が訪れていたのでしょう。

9　エ　寒さ　掲句にある「切支丹坂」は現在の文京区小日向にありました。江戸切絵図をルーペでたどると、小石川伝通院の西側、大久保長門守の屋敷の北側に「キリシタンサカ」の文字をみつけることが出来ました。芥川には切支丹を題材にした作品がいくつかありますね。江戸時代に過酷な運命に曝された人々を思うと、「寒さ」という季語への思いが伝わってきます。

10　ウ　大暑　この句には「破調」という前書きがあります。破調というのは、五七五の定型ではないということです。出だしが「兎も」と四音になっています。前書きをつけたのは、作者がそのことを承知で詠んだからです。「大暑」は暑さの盛りですね。兎の片耳が垂れている様子を見て、この暑さは尋常ではないものだと。だからこの句も尋常の形ではないのです。

大正時代の俳人

1　（　　　）や殊《こと》に野《の》菊《ぎく》の吹《ふ》かれ居《お》り　　原　石鼎

ア　畦《あぜ》道《みち》　イ　曇《くも》る日《ひ》　ウ　頂《ちょう》上《じょう》　エ　ふるさと

2　死病《しびょう》得《え》て（　　　）うつくしき火桶《ひおけ》かな　　飯田蛇笏

ア　顔《かお》　イ　影《かげ》　ウ　爪《つめ》　エ　灰《はい》

3　かたまって薄《うす》き光《ひかり》の（　　　）かな　　渡辺水巴

ア　さくら　イ　菫《すみれ》　ウ　野《の》菊《ぎく》　エ　蛍《ほたる》

4　をりとりてはらりとおもき（　　　）かな　　飯田蛇笏

ア　さくら　イ　すすき　ウ　もみぢ　エ　やなぎ

5　（　　　）にまた銅《ど》鑼《ら》打《う》つや鹿《か》火《び》屋《や》守《もり》　　原　石鼎

ア　嬉《うれ》しさ　イ　淋《さび》しさ　ウ　つれづれ　エ　賑《にぎ》やか

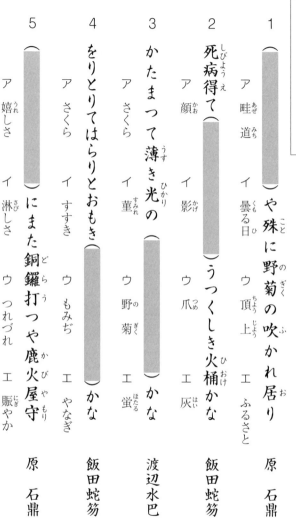

6 うらがへし又《また》うらがへし（　　）掃《は》く

ア 大蛾《おおが》　イ 椿《つばき》　ウ 蚯蚓《みみず》　エ 紅葉《もみじ》

前田普羅

7 寒《さむ》き夜《よ》や折《お》れ曲《ま》がりたる（　　）

ア 紙《かみ》の端《はし》　イ 鉄路《てつろ》かな　ウ 北斗星《ほくとせい》　エ 指《ゆび》の骨《ほね》

村上鬼城

8 ひとすぢの（　　）なりし蚊遣香《かやりこう》

ア 秋風《あきかぜ》　イ 陽炎《かげろう》　ウ 夏《なつ》の夜《よ》　エ 蛍火《ほたるび》

渡辺水巴

9 （　　）の暫《しばら》く降《ふ》るや海《うみ》の上《うえ》

ア 五月雨《さみだれ》　イ 春雪《しゅんせつ》　ウ 夕立《ゆうだち》　エ 流星《りゅうせい》

前田普羅

10 なきがらや秋風《あきかぜ》かよふ（　　）の穴《あな》

ア 壁《かべ》　イ 足袋《たび》　ウ 壺《つぼ》　エ 鼻《はな》

飯田蛇笏

【ヒント】

1　富士山の場合は、三、七七六メートル地点です。
2　夜にこれを切ると、親の死に目に会えないとか。
3　宝塚歌劇団を象徴する歌の中にも登場しますね。
4　十五夜に付き物の植物ですよ。
5　人里を離れた闇の中に一人でいる「鹿火屋守」の気持ちになってみましょう。
6　夏の夜、光を求めて集まってくるものです。
7　冬の夜空を眺めてください。
8　蚊取線香の煙が揺れているようです。
9　「あわ雪」とも呼ばれるもの、すぐに消えてしまいます。
10　死者を前にした作者の冷徹な写生の眼が捉えた句です。

1　ウ　頂上　原石鼎《せきてい》の深吉野《みよしの》時代の代表句です。「頂上や」と使われた切れ字の「や」、深い感慨を言うわけでもなく、ぶっきらぼうに投げ出されたこの表現が斬新でした。そして「殊に」と言って、目に留まった野菊に読み手を一気に引きつけます。それほど高い山ではない、そこに可憐な野菊が風に吹かれている。ただそれだけを詠んでいるのですね。

2 ウ 爪　飯田蛇笏は、人間が避けて通れない四つの苦しみ「生老病死《しょうろうびょうし》」をよく俳句のテーマにしました。掲句は当時「死病」と呼ばれた肺結核に冒された人が火桶にかざしている血の気のない手、その指先の爪の薄いピンク色にだけある生命の輝きを見て、「うつくしき」と表現したのです。この句は、芥川龍之介が激賞したことでも知られているものです。

3 イ 菫　渡辺水巴の父親は画家でした。自身も美の世界を追い求め、生涯、俳句以外の職に就くことはありませんでした。掲句は千葉県鹿野山での吟行句。芭蕉が「何やらゆかしすみれ草」と詠み、漱石が「菫程な小さき人に」と詠んだこの薄紫色の可憐な花が群れ咲くのを見て、それを「薄き光の」と表現して、この花の真実に迫ることになりました。

4 イ すすき　十五夜のお供えにする芒です。秋風の中で揺れている芒を一本折り取ったのです。いかにもか弱く軽く見えていた芒でしたが、それを手にしてみると、穂先が撓《たわ》んだりして、思いがけない重さを感じたのです。「はらりとおもき」に、この植物に宿る命を確かめ得た作者の思いが伝わります。平仮名だけを使うことによって視覚的な効果も考えられていますね。

5　イ　淋しさ　「鹿火屋守」は「鹿火屋」の番人。「鹿火屋」は「鹿火」を焚く小屋です。そこで「鹿火」とは何かということになりますね。畑を荒らす鹿や猪を追い払うために、彼らが嫌がる臭いのするものを燃やしている火のことです。人家から離れた闇の中にいる番人は孤独です。動物を追い払うための銅鑼を鳴らすことで、孤独の闇から逃れようとしたのです。

6　ア　大蛾　前田普羅は、大正時代の初めに、虚子が、原石鼎と並べてその将来を期待した若い俳人でした。夏の朝、庭の掃除をすると、前の晩に飛び回っていた大きな蛾が、地面に落ちて死んでいたのです。少し気味が悪い。箒の先でひっくり返し、またひっくり返しという、このリフレインがおもしろく、しかも新鮮です。

7　ウ　北斗星　村上鬼城は耳が不自由な人でしたが、その恵まれない境涯の中から力強い句、弱者に寄り添う句を作りました。掲句は、空っ風の吹く冬の夜空を詠んだ叙景句です。北斗七星を見たことがありますか？　実際に見るとその大きさにびっくりしますよ。柄杓の形をした星座。それを折れ曲がっていると表現して、冷たい冬空を感じさせてくれます。

8　ア　秋風　エアコンの効いた近頃の夏の部屋ではお目にかかることも少なくなった「蚊遣」。豚の形をした陶器、中に吊られた除虫菊を練り固めた線香が燃えると、独特の匂いのする煙が立ち上がりますね。夏の終わりごろ、秋風の立つ頃です。夜闇の中に立ち上る「蚊遣香」の薄い煙を「ひとすぢの秋風」と詠んで、季節の移ろいを感じさせる句になっています。

9　イ　春雪　冬の雪とは違って、春の雪は積もることも少なく、ちらちらと舞い落ちてきて、降るそばから消えてゆくものですね。そんなところから、「あわ雪」と呼ばれたりもします。掲句では、そんなはかなげな春の雪が海に降る様子を眺めているのです。春先の穏やかな群青色の海に降り込むその色を、作者はしっかりと目に留めていたのです。

10　エ　鼻　「爪うつくしき火桶かな」の句の解説に、この作者は「生老病死」をテーマとした句を詠んだと書きましたが、掲句はズバリ「死」そのものと向き合っています。死者はもう呼吸をすることもありません。死後硬直が始まって硬くなっている鼻、その鼻孔を通うのは「秋風」ばかりだと詠みました。この亡骸が身近な人のものであるほど、この思いは哀切です。

四Sの俳句

1　（　　　　）雪《ゆき》解《げ》雫《しずく》の伽《が》藍《らん》かな　阿波野青畝

ア　美《うつく》しき　イ　輝《かがや》ける　ウ　静《しず》かなる　エ　にぎはしき

2　（　　　　）や宗《そう》谷《や》の門《と》波《なみ》荒《あ》れやまず　山口誓子

ア　冬《ふゆ》霧《ぎり》　イ　冬《ふゆ》凪《なぎ》　ウ　水無月《みなづき》　エ　流《りゅう》氷《ひょう》

3　水《みず》ゆれて鳳《ほう》凰《おう》堂《どう》へ（　　　　）の首《くび》　阿波野青畝

ア　蝦《が》蟇《ま》　イ　亀《かめ》　ウ　鷺《さぎ》　エ　蛇《へび》

4　（　　　　）がプールの硬《かた》き面《も》にひびき　山口誓子

ア　声《せい》援《えん》　イ　ピストル　ウ　フラッシュ　エ　雷《らい》鳴《めい》

5　（　　　　）のさだまりて蛇《へび》すすむなり　山口誓子

ア　生《いけ》贄《にえ》　イ　全《ぜん》長《ちょう》　ウ　その敵《てき》　エ　行《ゆ》くあて

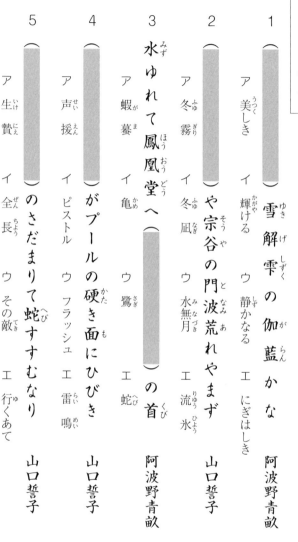

6　ひっぱれる（　　）まっすぐや甲虫《かぶとむし》　高野素十

ア　脚《あし》　イ　糸《いと》　ウ　角《つの》　エ　指《ゆび》

7　瑠《る》璃《り》沼《ぬま》に瀧《たき》落《お》ちきたり（　　）となる　水原秋櫻子

ア　虹《にじ》　イ　碧《へき》　ウ　龍《りゅう》　エ　瑠《る》璃《り》

8　（　　）と蟷《とう》螂《ろう》蜂《はち》の皃《かお》を食《は》む　山口誓子

ア　かりかり　イ　ぐらぐら　ウ　ことこと　エ　ぷにぷに

9　大《おお》榾《ほだ》をかへせば裏《うら》は（　　）　高野素十

ア　一面火《いちめんひ》　イ　かがやきぬ　ウ　無《な》かりけり　エ　見《み》えざりき

10　冬菊《ふゆぎく》の（　　）はおのがひかりのみ　水原秋櫻子

ア　しらぬ　イ　つつむ　ウ　はぬる　エ　まとふ

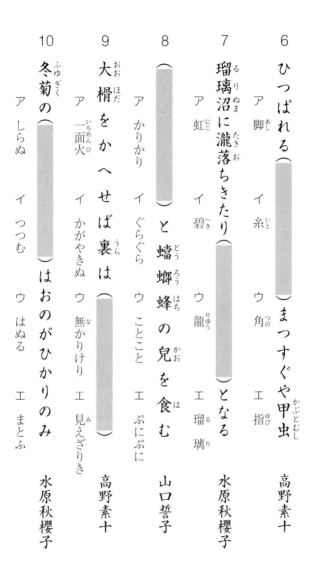

【ヒント】

1　春先です。大寺の軒先から落ち続ける雫の音が聞こえますか？
2　冬のオホーツクの海を覆いつくすものといえば……。
3　この「首」は「鎌首」と呼ばれるものですよ。
4　「オンユアマーク、セット」の後に響くものです。
5　蛇は体を伸ばしては縮め、また伸ばしては進みますね。
6　自分の体重の百倍のものを引っ張る力持ちだそうですよ。
7　松田聖子が「〇〇色の地球」と歌いました。
8　カマキリが蜂を食べているのです。どんな音をイメージしますか？
9　「榾」はたきぎのことです。
10　「おのが」というのは「自分の」という意味です。

高濱虚子が主宰する雑誌『ホトトギス』で推奨された四人の作家、水原秋櫻子、山口誓子、阿波野青畝、高野素十です。俳号の頭文字をとって「昭和の四S」と呼ばれました。

1　エ　にぎはしき

「雪解」が春の季語です。「伽藍」は大きなお寺の金堂、講堂、塔などのことです。「七堂伽藍」と言ったりします。そんな大きなお寺、例えば奈良の法隆寺などを思い浮かべてみてください。屋根に積もった雪が春の日差しを浴びて融け出し、雫となり、単調で規則的な音を立てながら落ち続けるのです。耳で、そして目で、「にぎはしき」と詠んでいます。

2 エ　流氷　「流氷」が春の季語になります。少年時代を樺太で過ごした作者が、連絡船から見た光景を回想した句と言われます。オホーツク海で凍っていた氷が二月から三月初めには押し出され、流氷となって北海道の宗谷海峡に押し寄せてくるのです。「門波」は海峡に立つ波という万葉時代の古い言葉です。船が進んでゆく北国の春の海はまだまだ荒れていたのです。

3 エ　蛇　十円硬貨の表面のデザインにもなっている京都府宇治市にある平等院鳳凰堂です。西方極楽浄土をこの世に出現させたものと言われます。鳳凰堂の前面に広がる池、その鏡のような水面が揺れました。一匹の蛇が鎌首をもたげて、朱塗りの御堂の方へ泳いでいく。その有り様を写生しています。下五の「蛇の首」の写生が見事です。

4 イ　ピストル　昭和十一年（一九三六）に詠まれた句です。ベルリンでオリンピックが開かれ、競泳が注目を集めた年です。作者も屋外プールへ観戦に出かけたのです。スタートの合図にはピストルが使われていました。緊張の一瞬、号砲が水面に響き渡り、選手が一斉に水しぶきを上げて競技が始まったのです。「硬き面」という捉え方が独特なものになりました。

5　イ　全長　『博物誌』の中でさまざまな生き物を軽快な筆致で描き出したフランスの小説家・詩人のルナールは、「蛇、長すぎる」と言いました。蛇が好きな人もいますが、苦手という人の方が多いかと思います。この句は、草むらを這ってゆく蛇の様子を的確に表していますね。くねくねと進む蛇、それを「全長のさだまりて」と捉えたのは、写生の眼です。

6　イ　糸　その昔は、夏の朝早くに近くの林に行くとカブトムシが取れました。今ではデパートなどで売っています。男の子には人気の昆虫ですね。「ヘラクレス」というすごい名前のカブトムシもいるくらいで、この昆虫は力持ちです。オスの角に糸を結び付けて、もう一方を固定するとグングンと進んで、糸がピンと張られます。そんな遊びを見て生まれた一句です。

7　エ　瑠璃　福島県の裏磐梯《うらばんだい》にある五色沼のひとつが「瑠璃沼」です。固有名詞としてとらえることも出来ますが、単に瑠璃色をした沼という解釈も成り立つでしょう。そこに落ちてくる滝の水は、青い宝石の「瑠璃」に変化するというのです。作者には〈滝落ちて群青世界とどろけり〉という滝の名句がありますが、掲句はずっと静かで神秘的な印象を与えています。

8　ア　かりかり　「蟷螂」はカマキリのことで秋の季語です。肉食で、交尾の後にメスがオスを食べてしまうという話もある、ちょっと怖い昆虫です。この句は、餌食にした蜂を、それも頭から食べているという、弱肉強食の非情な自然界の一齣を感情を交えずに描写したものです。「かりかりと」というオノマトペ（擬態語）がいかにもという感じですね。

9　ア　一面火　素十は、師である虚子が進めた「花鳥諷詠」「客観写生」に最も忠実に従った弟子と言われています。自身も「私の句はすべて大なり小なり虚子先生の句の模倣である」と謙虚に言っています。この句は炉端か焚火での写生句です。火にくべられた大きな薪《たきぎ》をひっくり返すと、裏側は真っ赤に燃えていたというのです。「一面火」の表現があざやかですね。

10　エ　まとふ　薄い冬日差のなかに咲く冬菊の姿を詠んだ水原秋櫻子の名句です。「おのが」というのは「自分の」という意味です。厳しい寒さのなかで咲く菊の花。冬菊は自らが発する光を身にまとい、そして自らが輝いているというのです。上五の「冬菊」以外はすべて平仮名にして、淡くやわらかな冬日のなかにある情景を描いています。

女流作家の俳句

1　花衣《はなごろも》ぬぐやまつはる（　　　）いろ〱　杉田久女

ア 色《いろ》　イ こと　ウ 花《はな》　エ 紐《ひも》

2　咳《せき》の子《こ》の（　　　）あそびきりもなや　中村汀女

ア 凧揚《たこあ》げ　イ なぞなぞ　ウ 縄跳《なわと》び　エ 雪《ゆき》ぞり

3　つばめ〱（　　　）が好《す》きなる燕《つばめ》かな　細見綾子

ア 空《そら》　イ 泥《どろ》　ウ 虫《むし》　エ 屋根《やね》

4　美《うつく》しき（　　　）走《はし》れり夏《なつ》料《りよう》理《り》　星野立子

ア 鮎《あゆ》の　イ 犬《いぬ》も　ウ 氷《こおり》　エ 緑《みどり》

5　羅《うすもの》や人《ひと》（　　　）恋《こい》をして　鈴木真砂女

ア 悲《かな》します　イ に生《う》まれて　ウ もうらやむ　エ を恨《うら》んで

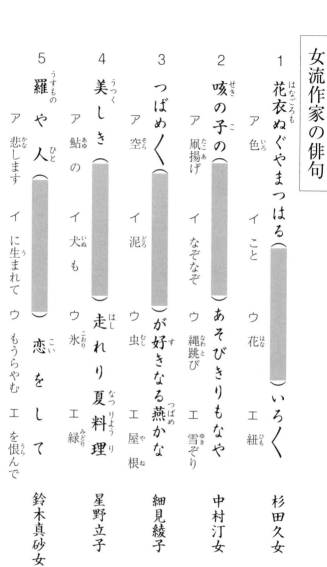

6　寒晴《かんばれ》やあはれ（　　）の背《せ》の高《たか》き　飯島晴子

ア　乙女《おとめ》　イ　尼僧《にそう》　ウ　舞妓《まいこ》　エ　老女《ろうじょ》

7　（　　）着《き》てひとと逢《あ》ふ蛍《ほたる》の夜《よ》　桂　信子

ア　きつちりと　イ　はなやかに　ウ　ゆるやかに　エ　よろこんで

8　（　　）の明《めい》滅《めつ》滅《めつ》の深《ふか》かりき　細見綾子

ア　狐《きつね》火《び》　イ　火《ひ》祭《まつり》　ウ　螢《ほたる》火《び》　エ　名《めい》月《げつ》

9　鞦韆《しゅうせん》は漕《こ》ぐべし（　　）は奪《うば》ふべし　三橋鷹女

ア　愛《あい》　イ　富《とみ》　ウ　友《とも》　エ　夢《ゆめ》

10　（　　）で負《ま》けて蛍《ほたる》に生《う》まれたの　池田澄子

ア　駆《か》けっこ　イ　くじ引き　ウ　じゃんけん　エ　ポーカー

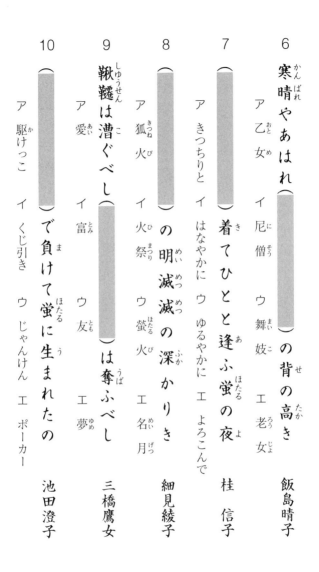

【ヒント】

1 和服を脱ぐときに、辺りに散らばるものをイメージしてください。
2 「朝は四本足、昼は二本足、夕は三本足、な～んだ！」
3 春先の壁や軒先に燕が作る巣、何で出来ていますか？
4 夏に限らず、お料理にこれが添えられると食欲が増しますね。
5 恋多き女性だった作者には、いくぶん反省の気持ちがあるのかもしれません。
6 京都の祇園や先斗町《ぽんとちょう》に行くとよく見かける人たちです。
7 浴衣姿でデートに出かけようとする女性のちょっと浮き浮きした気持ちが表れています。
8 「明滅滅」は光ったり消えたりする様子です。
9 熟女となった作者が、若い女性に向けた激しいメッセージです。
10 「石」「紙」「鋏」と言えば何ですか？

1 エ 紐 杉田久女の代表句の一つです。「花衣」はお花見の衣装、ここでは和装ということになります。作者はお花見から戻ったのです。衣装をはぎ落としてゆくたびに、腰に締めていた紐が解かれ、そのさまざまな紐が体にまつわりつくという、いかにも女性ならではの感じ方ですね。田辺聖子に『花衣ぬぐやまつわる……』という久女を描いた名著があります。

2 イ　なぞなぞ　冬の季語の中に「咳」を用意しているのも俳句のおもしろいところです。風邪をひいて外遊びの出来なくなった小さな子です。お母さんといっしょに「なぞなぞ遊び」をしているのですね。「もう一回、もう一回」とせがんでいる子ども、それを「きりもなや」と表現しています。やれやれと思いながらも遊んであげる若い母親の姿も描かれています。

3 イ　泥　中学の国語の教科書にも載っている句ですね。春先に南の国からやって来て家の軒先などに巣作りをする燕です。日がな一日、巣を飛び立ってはまた戻り、そのたびに少しずつ田んぼの泥を咥えて戻って来ます。掲句は「つばめ〳〵」と繰り返し、「お前は本当に泥が好きなんだねえ」とつぶやいています。作者の優しい眼差しが感じられることでしょう。

4 エ　緑　見た目に涼しく、味のさっぱりした「夏料理」です。歳時記にはこんな言葉も季語として載っています。あなたならどんなお料理を思い浮かべますか？　ガラスの大皿に盛った素麺なんていうのもいいですね。そこに青紫蘇の葉っぱを散らしたりすると、一気に美味しそうになりますね。この句の読みどころはもちろん「緑走れり」です。さわやかな句です。

5　ア　悲しますす　千葉県鴨川の旅館の娘だった作者は二十二歳で結婚して破局。その後に再婚をしますが不倫恋愛をしたりしました。ですから「人悲しますす恋をして」ということになるのですね。季語は「羅」です。絽や紗など薄絹で仕立てた夏向きの着物で、見るからに涼しげなもの。今どきの言葉ならば「シースルー」ということになります。お洒落な和装です。

6　ウ　舞妓　作者は昭和に活躍した女流俳人です。ある出版記念会に京都から招かれた中にひときわ背の高い舞妓さんがいて、そこに「あはれ」を感じたといいます。この句が詠まれたことによって「寒晴」という季語が歳時記に載るようになりました。冷え冷えとした空気感、青々とした寒中の空の広がりをいう季語として使われています。

7　ウ　ゆるやかに　蛍が飛び交う夜に、お洒落をして出かけようというのです。「ひとと逢ふ」と言っている「ひと」は、作者が心を許している彼のことですね。逢引き（ちょっと古い？）の「逢」という漢字を使っているのもそうした背景があるからでしょう。「ゆるやかに着て」からは、デートの前の女性の気持ちが伝わってくるのではありませんか？

8 ウ 螢火　きれいな流れを好む蛍ですから、最近ではなかなか見られなくなりました。この句は蛍が飛び交う闇を詠んでいます。「明滅滅」という漢字を使った表現が独特のものですね。パッと光っては光の尾を引いて闇の中に消えてゆく蛍の動きを、「明」「滅」という漢字で表しているのです。仮名ならば〈闇深しほたるほうたるほたるかな　千久〉というところです。

9 ア 愛　「鞦韆」はブランコのことです。古代中国には春になるとブランコに乗って遊ぶ風習があったことから春の季語になりました。「漕ぐべし」「奪ふべし」と対句を使っています。鷹女《たかじょ》の激しい気性がそのまま表れています。「ブランコは自分の力で漕ぐでしょ。だから愛も自分の力で奪い取るのです」というメッセージは鮮烈です。

10 ウ じゃんけん　池田澄子は現代を代表する女流俳人で、今も活躍しています。多くの俳句が文語で詠まれますが、この作者は私たちがふだん使っている言葉、つまり口語で俳句を詠みます。詠まれる内容も意表を衝いたものが多く、読者を楽しませてくれます。はかない光を放って、あっという間に命を終わる蛍。この句では、そんな蛍に思いを語らせているのです。

加藤楸邨の俳句

1　冴《さ》えかへるもののひとつに夜《よる》の（　　　）

ア　川《かわ》　イ　声《こえ》　ウ　鼻《はな》　エ　星《ほし》

2　雉子《きじ》の眸《め》の（　　　）として売《う》られけり

ア　かうかう　イ　くりくり　ウ　つやつや　エ　ぱちぱち

3　長《なが》き長《なが》き春暁《しゅんぎょう》の（　　　）なつかしき

ア　歌《うた》　イ　貨車《かしゃ》　ウ　経《きょう》　エ　列《れつ》

4　夕焼《ゆうやけ》の雲《くも》より（　　　）あふれ来《き》つ

ア　蝗《いなご》　イ　蜻蛉《とんぼ》　ウ　羊《ひつじ》　エ　駱駝《らくだ》

5　つひに戦死《せんし》一匹《いっぴき》の（　　　）ゆけどゆけど

ア　蟻《あり》　イ　蟹《かに》　ウ　蜘蛛《くも》　エ　蟬《せみ》

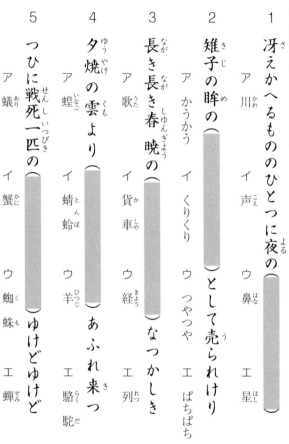

6 火《ひ》の奥《おく》に牡丹《ぼたん》（　　）さまを見《み》つ

ア 崩《くず》るる　イ ちらかる　ウ 飛《と》び交《か》ふ　エ 揺《ゆ》らぎし

7 （　　）人《ひと》に告《つ》ぐべきことならず

ア 揚羽蝶《あげはちょう》　イ 鰯《いわし》雲《ぐも》　ウ 朧《おぼろ》月《づき》　エ 桜《さくら》餅《もち》

8 しづかなる力《ちから》満《み》ちゆき（　　）とぶ

ア 兎《うさぎ》　イ 蛙《かわず》　ウ 燕《つばめ》　エ 螇《ばっ》蚸《た》

9 木《こ》の葉《は》ふり（　　）いそぐないそぐなよ

ア しきる　イ そそぐ　ウ やまず　エ やまむ

10 （　　）の骨《ほね》まで凍《い》ててぶちきらる

ア 鮟《あん》鱇《こう》　イ 伊《い》勢《せ》海《え》老《び》　ウ 凍《いて》鶴《づる》　エ 寒《かん》鯉《ごい》

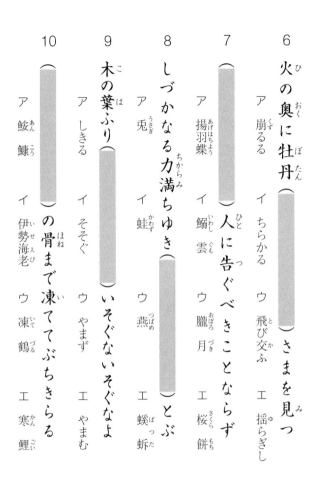

【ヒント】

1 「団子○」「鷲○」「獅子○」に共通するものは？
2 店先に吊るされている雉子の眸には、生きているときの光が残っていたのですね。
3 ゴトンゴトン、ゴトンゴトンという音を感じてください。
4 中国大陸に行った作者はゴビ砂漠まで遠征しています。
5 集団生活をする働きものですよ。
6 咲き誇っていた庭の牡丹も空襲に遭って燃え落ちてしまいました。
7 秋の季語をみつけてください。空を眺めている作者の視線の先にあるものは？
8 秋の草原をイメージしてみましょう。
9 冬の初めの落葉のころを思い描いてください。
10 とってもグロテスクな生き物です。でも美味しい！

1 ウ 鼻 「冴えかへる」が初春の季語です。立春を過ぎて春めいてきたころにぶり返してくる寒さのことですが、「冴える」という言葉には透明感がありますね。ひんやりと冷たい感じです。作者は、そんな春先の寒さを伝えるものに、「夜の鼻」があるというのです。おもしろい感じ方ですね。楸邨にはほかにも鼻を詠んだ句がいくつかあります。

2　ア　かうかう　雉子の肉は美味なものとして珍重されていたという記録が残っています。この句にある雉子は猟師に撃たれ、今は店先に吊られ、食材として売られているのです。眸をカッと開いているところに、作者は哀れを感じたのではないでしょうか。「かうかう（＝耿々《こうこう》）として」は、きらきらと光る様子を表しています。オノマトペが効いていますね。

3　イ　貨車　今のように高速道路網も発達していなかったころには、物資の輸送の多くは鉄道が担《にな》っていました。幌をかけた無蓋《むがい》車、箱型の有蓋《ゆうがい》車、石油を入れたタンク車などの貨車が、何十輛も繋がって走っていました。子どもにとっては見るだけでワクワクするものでした。作者はそれを思い出しています。「長き長き」の字余りもよく分かりますね。

4　エ　駱駝　昭和十九年、楸邨は出版社「改造社」と大本営報道部の嘱託として、中国大陸への旅に出ました。北京からゴビ砂漠までの死を決しての旅になりました。この句はそのときに詠まれたものです。「夕焼」が夏の季語です。真っ赤に染まった雲の中から、駱駝の群れが現れたという、大陸らしい景色の大きさに圧倒されます。

5　ア　蟻　作者は初め水原秋櫻子に師事しましたが、抒情的な俳句からやがて人間の生活や自己の内面を追求する作品に向かいました。草田男や波郷とともに「人間探求派」と呼ばれます。旧制中学校の教員だった作者の教え子たちは、日中戦争に駆り出されます。そして彼らの戦死が伝えられたのです。「一匹の蟻」は中国大陸を征く兵士たちの姿に重なります。

6　ア　崩るる　「五月二十三日」に始まる長い前書きがあるので、楸邨が空襲に遭って家を焼かれたということが分かります。焼夷弾を落とされて、家も、庭にあった牡丹も焼かれてしまったのです。「崩るる」は、俳人の眼に映った火に包まれてゆく牡丹の姿でした。この言葉には、業火に焼かれる無辜《むこ》の民やその暮しが重なっているようにも思えます。

7　イ　鰯雲　「鰯雲」は秋の季語です。どこまでも高い秋空いっぱいに広がる、雲のかけらをつなぎ合わせたような広がりを見せる雲ですね。この句は楸邨の代表句の一つで、教科書にも載ったりします。しかし、その解釈はとても難しい。秋空の雲を眺めていて何か思うところがあるのだけれど、それは自分の心にしまっておこうと、そんな読み方をするのでしょうか。

8 エ　蟋蟀　この句には、バッタが飛ぶ直前の様子がしっかりとデッサンされています。後ろ肢、人間ならば太腿に当たる部分に力を溜め込み、その力を一気に解放してジャンプしますね。「しづかなる力満ちゆき」という表現に、バッタを見つめている作者の緊張感までもが伝わってくるような句だと思います。

9 ウ　やまず　「木の葉」が冬の季語です。秋から冬になるころ、掃いても掃いても降り積もりますね。「いそぐないそぐなよ」は木の葉への呼びかけであると同時に、このころ病気で鬱々とした日を送っていた作者自身への呼びかけのようにも聞こえます。「木の葉ふりやまず」で切れている「句またがり」です。落ち着かない作者の胸中がそうさせたのでしょうか。

10 ア　鮟鱇　冬の鍋料理におあつらえ向きの魚ですね。グロテスクな面構えのこの魚は、大きなものは俎板の上でなく「鮟鱇の吊るし切り」というように、鉤に吊るして解体されます。肋膜炎を患っていた作者です。「骨まで凍てて」には作者自身が投影されています。「ぶちきらる」という大胆な受け身表現にも、作者の心の底がのぞけるような気がします。

山口青邨の俳句

1　沈《しず》みゆく（　　　）みづいろとなりて消《き》ゆ

ア　金魚《きんぎょ》　イ　海月《くらげ》　ウ　蜥蜴《とかげ》　エ　夕日《ゆうひ》

2　みちのくの鮭《さけ》は（　　　）吾《われ》もみちのく

ア　傷《いた》みし　イ　愛《いと》ほし　ウ　まぼろし　エ　醜《みにく》し

3　（　　　）の羽《はね》のみどりは推古《すいこ》より

ア　空蟬《うつせみ》　イ　鈴虫《すずむし》　ウ　玉虫《たまむし》　エ　でで虫《むし》

4　ほのかなる（　　　）をたてわがむすめ

ア　蚊遣火《かやりび》　イ　香水《こうすい》　ウ　初釜《はつがま》　エ　鬼灯《ほおずき》

5　蟬《せみ》生《うま》る（　　　）の色《いろ》して幹《みき》のぼる

ア　暁《あかつき》　イ　草《くさ》　ウ　虹《にじ》　エ　夢《ゆめ》

6　（　　　）と牡丹《ぼたん》蕾《つぼみ》をゆるめつつ

ア　きしきし　　イ　すいすい　　ウ　つるつる　　エ　ふかふか

7　雨《あめ》どどと白《しろ》し（　　　）の花《はな》びらに

ア　桜《さくら》　　イ　菖蒲《しょうぶ》　　ウ　椿《つばき》　　エ　牡丹《ぼたん》

8　（　　　）散《ち》るまつたゞ中《なか》に法科《ほうか》あり

ア　銀杏《いちょう》　　イ　枯葉《かれは》　　ウ　桜《さくら》　　エ　薔薇《そうび》

9　（　　　）を焚《た》くにほひこそ雑草園《ざっそうえん》

ア　稲束《いなたば》　　イ　蚊遣火《かやりび》　　ウ　枯菊《かれぎく》　　エ　十薬《じゅうやく》

10　花《はな》散《ち》るや紺紙《こんし》（　　　）鸚鵡経《おうむきょう》

ア　輝《かがや》く　　イ　金泥《こんでい》の　　ウ　巻《ま》かれし　　エ　破《やぶ》れし

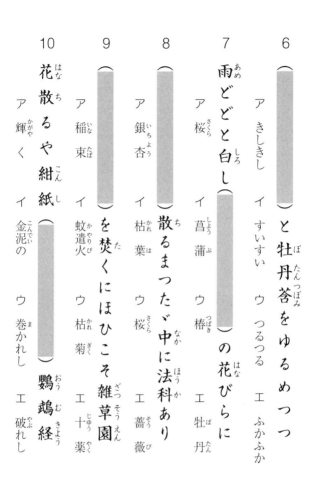

【ヒント】

1　漢字で書くと「水母」とする場合もありますね。

2　お歳暮に贈ったりするあの新巻き鮭の形相を思い出してみましょう。

3　法隆寺にある国宝の厨子には、この昆虫の名前が付いていますね。

4　作者のお嬢さんも、いつの間にかお年頃になったようです。

5　生まれたばかりの蟬はまだしっかりと目覚めていないのかもしれませんね。

6　固く巻いた牡丹の莟がゆっくりとほぐれてゆく感じをイメージしてみましょう。

7　雨に濡れて味わい深いと思う花を考えてください。

8　東京都文京区本郷にある東大キャンパスの様子です。東大の校章といえば？

9　焚火にくべると良い匂いがしそうですね。

10　色の取り合わせが見事な一句です。写経をしたことがある人には簡単かも。

1　イ　海月　青邨は東京大学工学部の鉱山学の教授でした。バリバリの理系の人が俳句？と思うかもしれませんが、俳人は文系の人とは限りません。理系の著名俳人はたくさんいます。観察力が優れていることもあるのでしょう。この句も、透明なあの生き物がゆらゆらと海に沈んで、最後は水の色に紛れて見えなくなるまでをよく見ています。

2　エ　醜し　作者は岩手県の出身でした。俳句の中にも「みちのく」という言葉がたびたび登場します。故郷への思いが深かったのです。北の海に生きる鮭は、眼光も鋭く歯も鋭く、鼻先が曲がっていたりして、よくよく見るとかなり獰猛な顔つきをしています。そんな鮭を「醜し」と言いながらも、作者は親近感を持っているような感じではありませんか？

3　ウ　玉虫　「羽のみどり」というのですから、あの金緑色に輝く「玉虫」を詠んだ句ということになります。「玉虫」が晩夏の季語です。この句は法隆寺に遺る「玉虫厨子《たまむしのずし》」を思って詠んだものでしょう。推古天皇の時代のものと伝わるこの厨子。今は真っ黒ですが、透かし彫りの奥には玉虫のキラキラする翅が貼り詰められていたと言われます。

4　イ　香水　「香水」が夏の季語です。幼かった娘たちもいつしかお年頃になり、ふと気が付くとそんな娘から香水の香りがしたというわけです。男親の身になると、娘の成長を喜ぶ半面、自分のもとから去ってゆくときが近づいてきたのかと、いささか複雑な思いがするのです。下五の「わがむすめ」には、そんな作者の感慨が含まれているのです。

5　エ　夢　蟬は長い時間を土の中で過ごし、地上に出るとオスは狂おしいように鳴き続けてメスを誘います。そして交尾を果たすと短い一生を終えるのです。この句は、地中から出て木の幹を這い上る蟬を詠んだものです。夜明け前、羽化のために幹に爪を立てて登ってゆく蟬を、「夢の色して」と優しくロマンチックに詠んでいます。

6　ア　きしきし　牡丹は「花の王」と呼ばれるとおり豪華な花です。「立てば芍薬、坐れば牡丹、歩く姿は百合の花」という言葉があるように美しい女性にも喩えられますね。その莟はきゅっと巻いています。初夏に固い莟を少しずつゆるめてゆく、その様子を「きしきしと」というオノマトペで表現しました。莟のほどける音が聞こえてくるような感じがしませんか？

7　イ　菖蒲　紫や白や黄色の花びらに風情のある花菖蒲です。東京にも明治神宮や堀切などに菖蒲園があって、花の盛りの頃にはそれを見ようという人たちで賑わいます。晴れた日よりは、風の日や雨の日に詠まれると味わいのある花のようです。掲句では「雨どどと白し」と、思い切り雨を降らせています。

8　ア　銀杏　　掲句にある「法科」は法学部のことですね。文京区本郷にある東大キャンパス、初冬になると校章にもなっている「銀杏」が黄葉してはらはらと散ります。母校への誇りを感じさせる堂々とした句柄です。月日が流れ、六〇年代の学生運動の頃に「とめてくれるな、おっかさん。背中のいちょうが泣いている」のポスターが貼られたのも同じキャンパスでした。

9　ウ　枯菊　　作者は「雑草園主人」と自らを呼び、自宅の庭に草花を育てていました。東京の中にあっても山荘のような雰囲気のあるこの「雑草園」を気に入っていたのです。秋の終わり、刈り取って干してあった「枯菊」を火にくべると、なんとも言えないよい匂いがしたのですね。掲句にある「こそ」には、焚かれた枯菊から流れくる匂いを楽しむ作者が感じられます。

10　イ　金泥の　　「中尊寺にて」と前書きのある句です。『鸚鵡経』というのは中尊寺に保存されていた経典のことだと思いますが、内容についての詳しいことは分かりません。紺色の巻紙に、膠《にかわ》を水に溶いて金粉を混ぜた「金泥」で書かれた豪奢なものらしいことは分かります。上五に「花散るや」としたことで、色の取り合わせの美しい一句に仕立てられました。

杉田久女の俳句

1　朝顔《あさがお》や濁《にご》り初《そ》めたる市《いち》の（　　　　）

ア　川《かわ》　イ　声《こえ》　ウ　空《そら》　エ　水《みず》

2　（　　　　）を蛾《が》の飛《と》びめぐる薄暮《はくぼ》かな

ア　家《いえ》々《いえ》　イ　茶《ちゃ》畑《ばたけ》　ウ　菜《な》の花《はな》　エ　夕《ゆう》顔《がお》

3　秋《あき》来《き》ぬと（　　　　）色《いろ》の小《こ》鯵《あじ》買《か》ふ

ア　群《ぐん》青《じょう》　イ　サファイア　ウ　さみどり　エ　ブロンズ

4　足袋《たび》（　　　　）やノラともならず教師妻《きょうしづま》

ア　捨《す》つ　イ　つぐ　ウ　欲《ほ》る　エ　選《よ》る

5　身《み》にまとふ（　　　　）ショールも古《ふ》りにけり

ア　薄《うす》き　イ　軽《かろ》き　ウ　黒《くろ》き　エ　白《しろ》き

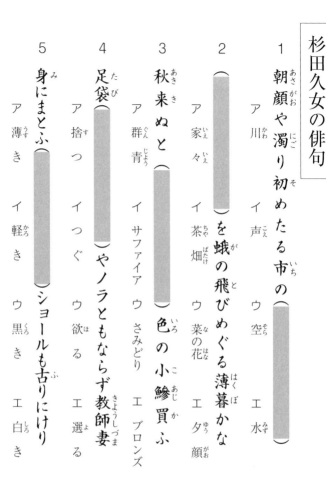

6　ぬかづけばわれも（　　）や仏生会《ぶつしようえ》

ア　阿修羅《あしゆら》　イ　善女《ぜんによ》　ウ　比丘尼《びくに》　エ　菩薩《ぼさつ》

7　防人《さきもり》の（　　）恋《こ》ふ歌《うた》や磯《いそ》菜《な》摘《つ》む

ア　海《うみ》　イ　妻《つま》　ウ　友《とも》　エ　母《はは》

8　白妙《しろたえ》の（　　）を縫《ぬ》ひ上《あ》げし

ア　絣浴衣《かすりゆかた》　イ　菊《きく》の枕《まくら》　ウ　甚平《じんべい》さん　エ　夏座布団《なつざぶとん》

9　たてとほす（　　）嫌《ぎら》ひの単帯《ひとえおび》

ア　噂《うわさ》　イ　男《おとこ》　ウ　女《おんな》　エ　食《く》はず

10　張《は》りとほす女《おんな》の意《い》地《じ》や（　　）

ア　藍《あい》ゆかた　イ　髪洗《かみあら》ふ　ウ　春《はる》日《ひ》傘《がさ》　エ　雪女郎《ゆきじよろう》

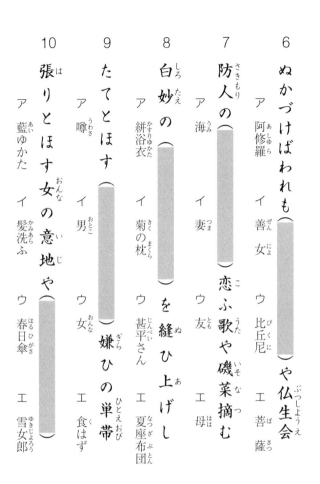

【ヒント】

1 「市」は煙突の立ち並ぶ小倉の街のことです。
2 久女が愛した『源氏物語』の巻の名前にもなっているものです。
3 いかにも久女らしいお洒落な感覚です。誕生石のひとつ。
4 貧乏教師の妻の履く足袋には穴があいていたようです。
5 お洒落な感じです。久女の自我を象徴しているかも……。
6 仏法に帰依《きえ》した在俗の女性のことです。
7 戦地に送り込まれた兵士の気持ちになってみましょう。
8 これを使って寝ると長生きをすると言われたそうですよ。
9 虚子に疎《うと》まれ、夫との間には隙間風が吹いていた久女です。
10 きりっとした女性に似合いそうなものを考えてみましょう。

ここまでにも久女の句を取り上げてきました。ここでは、男尊女卑の封建的な時代の中で、女性として、俳人として自立しようともがいていた一人の女性が描かれた代表句を取り上げてみました。

1 ウ 空　鹿児島で生まれ、沖縄、台湾と南国で育ち、東京で高等教育を受けた久女は、やがて結婚して九州の小倉に移り住みました。「朝顔」が咲く初秋の気持ちのいい朝です。「市の空」が「濁り初めたる」というのは、工場地帯であった街が活動を始めたことを言っています。人間世界の動きと、清らかに咲く「朝顔」の対比が詠み込まれた一句です。

2　エ　夕顔　「薄暮」は薄明かりの残る夕暮れどきのことですね。辺りには夜行性の蛾がひらひらと飛び回っているというのです。これは日の暮れの遅い夏の情景ですね。昼の余韻を残しながら、まだ夜にはなりきっていない、そんな時間です。「蛾の飛びめぐる」のは、久女が好んだ白くはかない感じのする夕顔です。暑さの残る夏の夕べの気だるい気分を伝える句です。

3　イ　サファイア　『ホトトギス』にある「台所雑詠欄」に投句をすることで俳句を始めた久女でした。「秋来ぬと」という言葉に、古典の素養が顔をのぞかせます。しかし、詠まれている内容はごく平凡な主婦の暮しにあるものです。それにしても、魚屋の店先に並べられた「小鯵」の色を「サファイア色」と詠むところは、やはり只者ではありません。

4　イ　つぐ　久女は画家で美術教師の杉田宇内《うない》と結婚しました。芸術家との結婚は彼女が憧れたものでしたが、現実の夫は絵を描くことを止めて平凡な教師になってしまいます。「ノラ」はイプセンの戯曲『人形の家』の主人公。自立して新しい時代を生きる女性として描かれています。そんなノラとはかけ離れた「足袋をつぐ」自身の姿にやりきれない久女です。

5　ウ　黒き　少女時代を父の勤務地である沖縄や台湾で過ごした久女には、南国育ちの明るさがあり、恵まれた生活の中で育まれたハイカラなセンスがあります。黒い肩掛けもこの時代には随分とお洒落な感じがします。そんな辺りも、田舎育ちの夫とうまくいかないところでした。自立しようとする久女と、頑《かたく》なな明治の男である宇内の間には隙間風が吹きまくりでした。

6　イ　善女　夫に失望した久女は、俳句の世界にのめり込んでいきます。句会や吟行で家を空けることも多くなります。女性は家を守り夫に尽くすのが美徳とされた時代、こうした久女の生き方には、周囲からの厳しい目が向けられます。「仏生会」は四月八日、お釈迦様の誕生日です。「ぬかづけば」からは、「ぬかづかない」でいるときの久女の葛藤が垣間見えるのでは。

7　イ　妻　「磯菜摘」が春の季語です。北九州、筑紫《つくし》の国は大和朝廷の国土防衛の最前線でした。『万葉集』には、東国からはるばる派遣された兵士たちの、古里を思い、妻を思う素朴で哀切な歌が残されています。春の浜辺で磯菜を摘む久女は、防人の妻恋いの歌を思い出しながら詩的想像力を刺激されたことでしょう。妻としての作者の思いが込められています。

8　イ　菊の枕　干した菊の花を詰めたものが「菊の枕」で、長寿を願うものです。久女はこの枕を作り、崇敬する虚子に贈りました。久女には虚子に尽くすことで、句集出版の許しを得たいという思いもあります。久女の執拗な願いは、彼女の才能を買っていた虚子にも次第に煩わしいものになったかもしれません。彼女の一方的な思い、それが悲劇に繋がってゆきます。

9　イ　男／10　ア　藍ゆかた　久女は虚子の序文を得てなんとか句集を出したかったのです。何度も虚子に手紙を出して願うのですが、虚子は断固として受け入れません。拒絶されればされる程、久女はさらに激しく虚子に迫ります。そしてついに昭和十一年、理由も告げられずに、久女は『ホトトギス』の同人から削除されてしまいました。虚子も意地が悪いのですよ。この二句にある激しい感情のほとばしりには、そうした事情が背景にあるのです。「男嫌ひ」と言われた「男」は誰だと思いますか？　句集の出版を許さなかった虚子、彼女を家庭に閉じ込めようとした夫はもちろんですが、才能豊かな久女を自由に活動させようとしなかったその時代の封建的な男社会そのものだったような気がします。

新時代の俳句

1　啄木鳥《きつつき》や（　　　）をいそぐ牧《まき》の木々《きぎ》　水原秋櫻子

ア　落葉《おちば》　イ　霜夜《しもよ》　ウ　芽吹《めぶ》き　エ　夕《ゆ》焼《やけ》

2　バスを待《ま》ち大路《おおじ》の（　　　）をうたがはず　石田波郷

ア　秋《あき》　イ　夏《なつ》　ウ　春《はる》　エ　冬《ふゆ》

3　水《みず》枕《まくら》（　　　）と寒《さむ》い海《うみ》がある　西東三鬼

ア　ガバリ　イ　ザブリ　ウ　ズバリ　エ　ドキリ

4　夏《なつ》の河《かわ》（　　　）鉄《てっ》鎖《さ》のはし浸《ひた》る　山口誓子

ア　赤《あか》き　イ　遠《とお》き　ウ　長《なが》き　エ　古《ふる》き

5　（　　　）と肺《はい》碧《あお》きまで海《うみ》のたび　篠原鳳作

ア　きんきん　イ　しんしん　ウ　つんつん　エ　りんりん

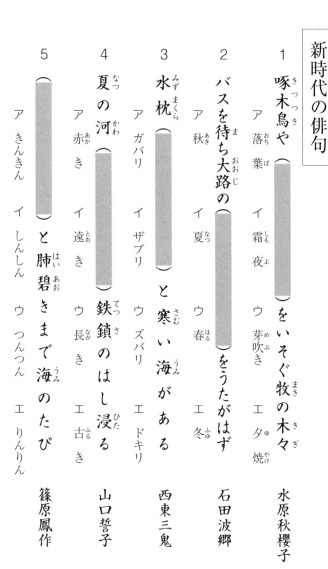

6　この樹登《きのぼ》らば（　　）となるべし夕紅葉《ゆうもみじ》　三橋鷹女

ア　神《かみ》　イ　鬼女《きじょ》　ウ　猿《さる》　エ　巫女《みこ》

7　葉桜《はざくら》の中《なか》の無数《むすう》の（　　）さわぐ　篠原　梵

ア　声《こえ》　イ　子等《こら》　ウ　空《そら》　エ　鳥《とり》

8　（　　）の中《なか》や吾子《あこ》の歯生《はは》え初《そ》むる　中村草田男

ア　秋風《あきかぜ》　イ　五月雨《さみだれ》　ウ　台風《たいふう》　エ　万緑《ばんりょく》

9　塩田《えんでん》に（　　）筋目《すじめ》つけ通《どお》し　沢木欣一

ア　朝《あさ》より　イ　一日《いちにち》　ウ　沖《おき》まで　エ　百日《ひゃくにち》

10　ねむりても旅《たび》の（　　）の胸《むね》にひらく　大野林火

ア　団扇《うちわ》　イ　花火《はなび》　ウ　日傘《ひがさ》　エ　毛布《もうふ》

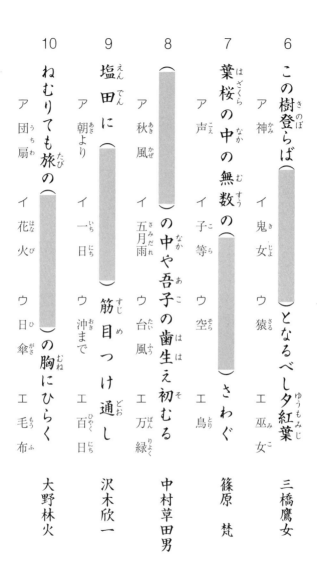

【ヒント】

1　コツコツと木の幹を叩く啄木鳥の音に誘われるように急いでいるのはなんでしょう？
2　巡ってきた季節への青春の抒情性が感じられる句です。
3　高熱で病の床にある作者。その水枕の中にはぶっかき氷がいくつも入っていたようです。
4　この鉄鎖には錆止めのペンキが塗られていました。
5　海上の清浄で冷たい空気を肺一杯に吸い込んだ作者です。
6　伝説にも、歴史上の逸話にも登場して退治される存在です。
7　ちらちらと揺れる葉桜の奥に見えるものは何でしょう。
8　赤ちゃんの白い乳歯と取り合わせてみたいものですよ。
9　塩田での重労働、半端なものではありませんでした。
10　「玉屋〜〜〜ッ」「鍵屋〜〜〜ッ」

1　ア　落葉　高濱虚子による花鳥諷詠の俳句に対して、水原秋櫻子が提唱した新しい俳句運動が「新興俳句」でした。俳句に「文芸上の真」を詠もうとしたのです。牧場の木々がはらはらと落葉を散らしています。どこからか啄木鳥が幹を叩く音が聞こえたのです。コツコツというその音に急かされるように落葉が散っている、そのように捉えた感覚が新しかったのですね。

2　ウ　春　作者の石田波郷は愛媛県から秋櫻子を慕って上京しました。掲句は二十歳の頃の作。「大路」は東京の神田にある大通りです。「バスを待ち」というのがいかにも都会の感じです。道行く人の装いや街路樹の芽吹きを目にし、陽の光の輝きを感じたときに、季節は確かに春である、と確信したのですね。「うたがはず」という若々しく強い表現が印象的です。

3　ア　ガバリ　「水枕」は、熱が出たときに中に氷を入れて用いる厚いゴム製の袋のこと。このとき、作者は急性肺結核で高熱を出して寝込んでいたとか。死を考えたくらいの重症だったといいます。頭の下に敷かれた水枕を動かすと、中の氷がゴロゴロと動いた。それを「ガバリと寒い海」と表現しました。無季ではないかと取り沙汰された句です。

4　ア　赤き　山口誓子は近代俳句を代表する俳人のひとりです。掲句に詠まれた「夏の河」は日差しの下で川面がギラギラと光っていました。大阪の安治川《あじがわ》沿いにある工場の近くの岸には、赤い錆止めのペンキが塗られた鉄鎖が横たえられていて、その端が水に浸かっていたのです。印象鮮烈な日常的な光景。それまでの伝統的な俳句では、決して句材にならないものでした。

5　イ　しんしん　篠原鳳作《ほうさく》の代表句です。「海のたび」を楽しむ作者は、周囲には海しか見ることのない船上の甲板にいて、オゾンをたっぷりと含んだ清浄な空気を思い切り吸い込んだのです。「しんしんと」「肺碧きまで」がなんとも気持ちがいいですね。掲句には季語がありません。新興俳句からは、無季の俳句や、定型ではない自由律の俳句が生まれることになりました。

6　イ　鬼女　三橋鷹女は、橋本多佳子、星野立子、中村汀女とともに「4T」と呼ばれた女流俳人です。鷹女は、信州戸隠で夕暮れどきに目にした圧倒的に美しい紅葉に心を奪われました。この地に伝わる「鬼女伝説」を思いながら、この樹を登ってしまえば自分も鬼女になるに違いないと詠んだのです。もしそうなっても悔いはない、そんな強い情念を感じる句です。

7　ウ　空　ただの写生に終わらない作品を残している篠原梵《ぼん》の代表句です。初夏です。花が散って桜蘂を落とした桜は、葉桜となって若葉が風に揺れているのです。若葉の間にはたくさんの隙間があり、風に揺られるたびにその隙間から初夏の空が見えるのです。それを、空が揺れていると感じ、「無数の空さわぐ」と詠んだところがなんとも新鮮な感覚ですね。

8　エ　万緑　「人間探求派」という一派を代表するのが草田男です。形式に囚われない骨太の俳句をたくさん残しています。乳歯が生え始めたばかりの我が子に寄せる思いが温かです。句形は「万緑の中や」で切れる中間切れです。緑の季節と赤ちゃんの白い歯を並べて、ともに生命力を感じさせます。この一句から、「万緑」は季語として認められることになりました。

9　エ　百日　戦後に沢木欣一が立ち上げた俳句結社「風」は、私が所属する結社「万象《ばんしょう》」の師系に当たります。石川県能登に古くから伝わる揚げ浜式の塩田に取材した作者の代表句です。桶に汲んだ海水を塩田に撒いて天日干しします。直射日光が行き渡るように、熊手のようなもので筋目を付ける、それが百日も続くという重労働を一句に仕立てた、新しい俳句でした。

10　イ　花火　東京帝國大学を卒業してからの会社勤めを辞めて教員に、その教員も辞めて俳句一筋の道を選んだ大野林火です。旅の途中で見た花火が床に就いてからも思い出される。これだけならばありがちなことかもしれませんが、掲句が詠まれたのは終戦後すぐのこと。平和な世になり、久しぶりに目にした花火への感動がどれほど深いものだったかが伝わる句です。

石田波郷の俳句

1　プラタナス（　　）もみどりなる夏《なつ》は来《き》ぬ

ア　児《こ》　イ　詩《し》　ウ　葉《は》　エ　夜《よ》

2　初《はっ》蝶《ちょう》やわが（　　）の袖《そで》袂《たもと》

ア　藍《あい》染《ぞめ》　イ　空《から》つぽ　ウ　三《さん》十《じゅう》　エ　白《しろ》服《ふく》

3　琅《ろう》玕《かん》や一《いち》月《がつ》（　　）の横《よこ》たはり

ア　川《かわ》　イ　空《そら》　ウ　沼《ぬま》　エ　人《ひと》

4　雁《かりがね》や残《のこ》るものみな（　　）

ア　阿《あ》呆《ほ》らしき　イ　美《うつく》しき　ウ　恐《おそ》ろしき　エ　狂《くる》ほしき

5　立《りっ》春《しゅん》の米《こめ》こぼれをり（　　）

ア　葛西橋《かさいばし》　イ　五条橋《ごじょうばし》　ウ　二重橋《にじゅうばし》　エ　日本橋《にほんばし》

6　はこべらや焦土《しようど》の色《いろ》の（　　）ども

ア　男《おとこ》　イ　女《おんな》　ウ　鴉《からす》　エ　雀《すずめ》

7　六《ろく》月《がつ》の（　　）すわれる荒筵《あらむしろ》

ア　赤子《あかご》　イ　女《おんな》　ウ　乞食《こじき》　エ　少女《しようじよ》

8　秋《あき》の暮《くれ》溲瓶《しゆびん》（　　）のこゑをなす

ア　泉《いずみ》　イ　小川《おがわ》　ウ　小滝《こだき》　エ　雫《しずく》

9　（　　）はしづかにゆたかにはやし屍室《かばねしつ》

ア　月《つき》　イ　春《はる》　ウ　街《まち》　エ　雪《ゆき》

10　七夕竹《たなばただけ》（　　）の文字《もじ》隠《かく》れなし

ア　運命《うんめい》　イ　回復《かいふく》　ウ　惜命《しやくみよう》　エ　退院《たいいん》

【ヒント】

1 プラタナスのみどりが涼し気に捉えられています。

2 俳句において波郷が自立（＝而立）を果たしたときの一句です。

3 「泥〇」「底なし〇」「尾瀬〇」に共通する一語は？

4 出征する兵士が、平和な日々をどのような思いで感じたかを想像しましょう。

5 たぶん初めてこの橋の名前を聞く人が多いのでは？

6 焼け跡の地面と同じような色をしたものを選んでください。

7 荒廃した戦後の街、映画の一場面を想像してみてはどうでしょう。

8 ベッドで小用を足しながら、その音を俳句にしてしまいました。

9 「屍室」は戸外にある遺体を収容する小屋。平仮名の部分は何の様子でしょう。

10 あなたがおそらくあまり見たことのない言葉が正解ですよ。

1 エ 夜　石田波郷は、昭和七年（一九三二）、水原秋櫻子を慕って愛媛県から上京しました。境涯俳句の俳人と言われる波郷ですが、この句には都会での暮しを始めたばかりの、明るくのびやかな青春の抒情性が溢れています。上五の「プラタナス」の街路樹がいかにもモダンな感じがしますね。上五の下に十二音を並べてみせる独特のリズムが既に生まれています。

2　ウ　三十　昭和十七年（一九四二）、波郷は数えで三十歳を迎えました。この頃、秋櫻子主宰の「馬酔木《あしび》」編集から離れました。すでに自身の俳句雑誌「鶴」を創刊して主宰になっていました。論語にも「三十而立」（三十にして立つ）とありますから、学問の基礎が出来て自立する年齢です。今年初めて目にした蝶が、作者の身の周りを飛び交う様子が晴れ晴れとしています。

3　ウ　沼　「琅玕」は暗緑色または青色の透き通った宝玉から発して、美しい竹のことを言います。掲句は前の句と比べると、ぐっと落ち着き払ったものになっています。しっとりとした濃緑の竹に囲まれた中に、真冬の濃緑の沼があります。「俳句は切字響きけり」とした波郷は、このように上五に切れを入れて、下十二音をひとつながりにするリズムを好みました。

4　イ　美しき　第三句集『病雁』にある一句。昭和十八年（一九四三）九月、波郷のもとに召集令状が届きました。三十を過ぎて、中国大陸の戦場に駆り出されたのです。戦地でのこれからを思い、夕映えの空を鳴きながら飛ぶ雁に自身を重ねたのでしょうか。平和な暮しの中にあったものを思い、それが「残るものみな美しき」の感慨となったのでしょう。

5　ア　葛西橋　大陸に渡って通信隊の鳩兵《きゅうへい》（＝伝書バトでの連絡が任務）となった波郷でしたが、半年も経たぬうちに左肺湿性胸膜炎を発症。終戦の年の六月に兵役免除となります。掲句は戦後の混乱期のもの。当時は貴重品だった米が橋の上にこぼれているのを目にしたのです。けれども立春に詠まれたこの句には、その先になにか明るいものが感じられます。

6　エ　雀　「はこべら」は「はこべ」の古い呼び名です。春の七草の一つにもなっていて、葉っぱは小鳥の餌になるようなものですが、戦後すぐの物のない時代には人々も食べたかもしれません。雀たちがその葉に群がっているのです。波郷の眼は、その雀たちが地面と同じ色をしていると捉えました。その地面は空襲で焼け野原となって赤茶けた「焦土」でした。

7　イ　女　昭和十九年から始まった空襲で日本中が焼き尽くされました。東京の下町は三月十日未明の大空襲で跡形もなくなりました。戦後は住む家もなく、地面に穴を掘ってトタン板で覆ったようなところが人々の住まいとなったのです。子規が「奇麗な風の吹くことよ」と詠んだ六月……一人の女が呆然として「荒筵」に坐っていたのです。戦争が残した景色です。

8　ア　泉　戦地で冒された肺の病気は、終生にわたり波郷を苦しめることになります。手術と入退院を繰り返す戦後の日々。けれどもその中から、今に残るたくさんの佳句名句が生まれることにもなりました。掲句にある「溲罎」は病床で小水をとる尿瓶《しびん》のことです。尿瓶で用をたしているときの音を「泉のこゑ（声）」と、自嘲気味ですがおおらかに詠まれた一句です。

9　エ　雪　「屍室」は病棟の外にあった遺体を安置する小屋だったようです。栄養状態も医療環境も悪い頃ですから、療養所では毎日のように患者が亡くなってゆきます。掲句は、下五の「屍室」の上が十四音の破調になっていて、病棟の外に降り続ける雪を見ています。「しづかに」「はやし」という客観と、「ゆたかに」という主観が綯《な》い交《ま》ぜになり、心境は複雑です。

10　ウ　惜命　病棟にささやかに飾られた「七夕竹」には、患者たちの願いが書かれた短冊がいくつも掛けられていたのです。波郷はそれらの中に、「惜命」と書かれた一枚を見留めました。この言葉は辞書にはありませんが、漢字を見れば意味は一目瞭然ですね。死病に冒された人の痛切な思いが込められたものでした。その後に編まれた第五句集の題名となったものです。

細見綾子の俳句

1　木《も》綿《めん》縞《じま》着《き》たる（　　）初《はつ》日《ひ》受《う》く

ア　うれしさ　イ　軽《かる》さよ　ウ　単《たん》純《じゅん》　エ　優《やさ》しさ

2　（　　）に春《はる》剝《はく》落《らく》のつづきをり

ア　大《おお》空《ぞら》　イ　女身仏《にょしんぶつ》　ウ　曼荼羅《まんだら》　エ　薬師寺《やくしじ》

3　春《はる》の雪《ゆき》（　　）をゆでてゐたる間《ま》も

ア　青《あお》菜《な》　イ　饂《う》飩《どん》　ウ　大《だい》根《こん》　エ　土筆《つくし》

4　木蓮《もくれん》のため（　　）なる空《そら》となる

ア　静《しず》か　イ　遥《はる》か　ウ　秘《ひそ》か　エ　無《む》傷《きず》

5　（　　）喜《よろこ》びだけを持《も》つてゐる

ア　シクラメン　イ　チューリップ　ウ　ヒアシンス　エ　ライラック

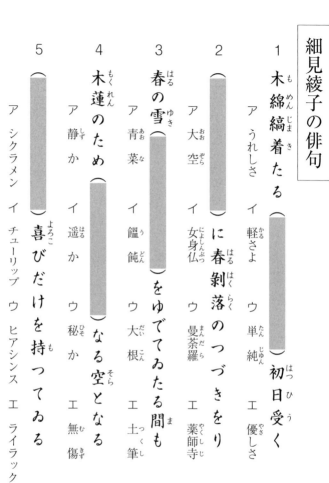

6　そら豆《まめ》はまことに（　　　）味《あじ》したり

ア　青《あお》き　イ　旨《うま》き　ウ　暗《くら》き　エ　深《ふか》き

7　キャスリン・バトル（　　　）やうに唱《うた》ひたり

ア　朧《おぼろ》の　イ　囀《さえず》る　ウ　虹《にじ》立《た》つ　エ　水《みず》澄《す》む

8　十三夜《じゅうさんや》その（　　　）やさしく夜《よ》更《ふ》けたり

ア　扉《と》　イ　名《な》　ウ　眼《め》　エ　夜《よ》

9　山茶花《さざんか》は咲《さ》く花《はな》よりも（　　　）ゐる

ア　枯《か》れて　イ　暮《く》れて　ウ　散《ち》つて　エ　揺《ゆ》れて

10　再《ふたた》びは生《うま》れ来《こ》ぬ世《よ》か（　　　）

ア　桜《さくら》餅《もち》　イ　蟬《せみ》しぐれ　ウ　漱石《そうせき》忌《き》　エ　冬《ふゆ》銀《ぎん》河《が》

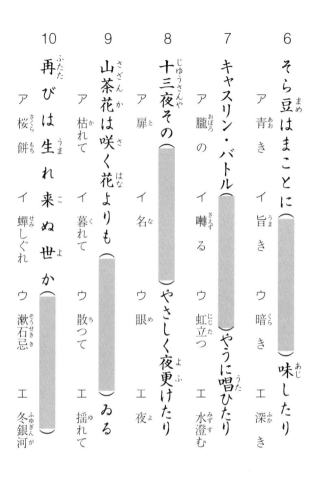

【ヒント】

1 複雑なデザインの晴着ではなく「木綿縞」の普段着が作者の好むものですね。
2 『伎藝天』という句集にある代表句のひとつ。伎藝天はギリシャ神話ならばミューズです。
3 「春の雪」との色の取り合わせが美しい句に仕上がっています。
4 純白の木蓮をきわだたせるのは、どのような空だと思いますか？
5 子どもたちが大好きな花ですね。「赤、白、黄色♪」
6 「そら豆」の味に見た目の通りの若々しさを感じたようです。
7 このソプラノ歌手の透きとおるような歌声は、天に昇ってゆくようだったのですね。
8 「十三夜」という文字も、音の響きも美しいものです。
9 「山茶花」の咲く垣根の下を思い描いてみましょう。
10 明るい都会では見たくても見られなくなったものです。

1 ウ 単純　細見綾子は私の俳句の大先生に当たります。女子大で国文学を学び、若いころは病気をしたり、最初の夫に死なれたりと散々でしたが、後に俳人の沢木欣一と出会い、生涯、俳句を作り続けました。掲句はお正月ですから、おめかしをしていてもいいところですが、綾子は木綿縞の普段着で過ごしました。「単純」は綾子の俳句にも繋がるものです。

2　イ　女身仏　昭和四十五年（一九七〇）、作者は奈良の秋篠寺《あきしのでら》を訪れ、そこで天平時代の仏像に出会ったのです。「伎藝天」と呼ばれるのは芸能の女神、ギリシャ神話のミューズですね。千年以上昔には彩色も施されていたであろう仏像は、長い間に表面の色彩も剝げ落ちてしまいました。生命が再生する春にもその「剝落」は続いていると。この感覚は鋭いものです。

3　ア　青菜　青菜を茹でるという日常茶飯事を詠んだ俳句です。季語の「春の雪」はあわ雪で、はらはらと散るように降り、積もることもなく消えてしまいます。台所でそんな情景を見ながら、作者は青菜を茹でています。青菜もすぐに茹で上がるもので、この辺りの取り合わせもおもしろいですね。あわ雪の白と青菜の色の対照も美しく仕上がりました。

4　エ　無傷　「木蓮」は丈の高い木で、三月ごろにランプのような形をした花をたくさんつけますね。白木蓮と紫木蓮がありますが、空を背景にした掲句の花は純白であってほしいところです。ひらひらとした薄い花びら。その木蓮のために、空は「無傷」なのだと詠んでいます。「無傷なる空」、こうした感覚がこの作者の「無傷なる心」を感じさせてくれます。

5　イ　チューリップ　「咲いた咲いた」と歌われ、クレヨン画にも描かれ、折紙でも簡単に作れるチューリップです。この句を読む人は「子どもが作ったような俳句！」と思うかもしれませんが、子どもには「喜びだけを持つてゐる」とは言えないでしょう。掲句は、子どもが作った句ではなく、作者の中にいつまでもある子どもの心が詠んだものだと思います。

6　ア　青き　実に単純で誰にも分かるものです。どうするとこんなに分かりやすい俳句が出来るのか、本当に不思議です。莢のまま塩を振ったお湯の中で茹でられたそら豆。莢を割って、あの大きめな豆を口に含んだときの味。それを「まことに青き味」だと言うのですが、それはそら豆のなかにある自然の味そのものなのですね。

7　ウ　虹立つ　キャスリーン・バトルはアメリカのソプラノ歌手です。昭和六十三年（一九八八）に来日したときの演奏会を、作者は上野の東京文化会館で聞いたのです。空に抜けるような美しい歌声に感動した作者は、「虹立つやうに」と詠まずにはいられなかったのでしょう。句集『虹立つ』の題名にしたことからも、このときの感動の深さを知ることが出来ます。

8 イ 名　「十三夜」というのは、陰暦八月十五日の中秋の名月のあとの九月十三日の月のことです。十五夜の二日前の夜空に上がる月は、左側がまだ膨らみ切れずにいます。少し欠けているところを愛でるというのも日本人の美意識というものでしょう。「じゅうさんや」という呼び名もやさしく心にひびくものだと、夜更けの空を眺めた作者は感じたのです。

9 ウ 散つて　「山茶花」は椿に似ていますが少し小振りです。唱歌「たき火」にも歌われていますね。垣根にこしらえられたりして、濃緑色の葉の中に赤や白の五弁の花をたくさん咲かせます。椿が花ごとポトリと落ちるのに対して、山茶花は花びらがぽろぽろと散り落ちるもの。次から次へと咲く山茶花の垣根の下には、それに負けないくらいの花びらが散り敷いています。

10 エ 冬銀河　平成六年（一九九四）、作者八十六歳、亡くなる三年前の句です。迫りくる自らの死を意識しながらの一句ということになります。「再びは生れ来ぬ世か」の「か」に、作者の深い思いが込められています。「や」だと常識的でおもしろくありませんね。美しい「冬銀河」を、今こそしっかりと味わい尽くしておこう、そんな気持ちが伝わってくるようです。

ユニークな俳句

1　しぐるるや（　　　）に西口《にしぐち》東口《ひがしぐち》　安住　敦

ア　駅《えき》　イ　地図《ちず》　ウ　寺《てら》　エ　路地《ろじ》

2　（　　　）の子《こ》のぞろぞろと月夜《つきよ》かな　飯田龍太

ア　黒猫《くろねこ》　イ　でで虫《むし》　ウ　野《の》ねずみ　エ　流星《りゅうせい》

3　「（　　　）」よりヨモツヒラサカスミレサク　川崎展宏

ア　古事記《こじき》　イ　太古《たいこ》　ウ　大和《やまと》　エ　吉野《よしの》

4　鶯《うぐいす》のこゑ前方《ぜんぽう》に（　　　）に　鷹羽狩行

ア　足元《あしもと》　イ　後円《こうえん》　ウ　後方《こうほう》　エ　天上《てんじょう》

5　さくらんぼ笑《えみ》で補《おぎな》ふ（　　　）　橋本美代子

ア　エトセトラ　イ　記憶力《きおくりょく》　ウ　好奇心《こうきしん》　エ　語学力《ごがくりょく》

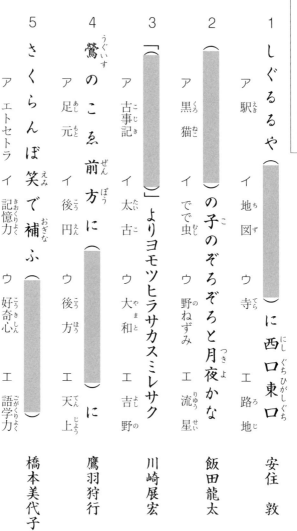

6　せりなずなごぎょうはこべら（　　　）縮《ちぢ》む　坪内稔典

ア　唄《うた》　イ　ゴム　ウ　空《そら》　エ　母《はは》

7　（　　　）の花《はな》三《さ》三《ざん》が九《く》三《さ》三《ざん》が九《く》　稲畑汀子

ア　梔子《くちなし》　イ　仙人掌《さぼてん》　ウ　南《なん》天《てん》　エ　三《みつ》椏《また》

8　あめんぼと雨《あめ》とあめんぼと（　　　）と　藤田湘子

ア　雨《あめ》　イ　泡《あわ》　ウ　棒《ぼう》　エ　水《みず》

9　民《みん》宿《しゅく》の特《とく》別《べつ》室《しつ》の（　　　）　内海良太

ア　九谷焼《くたにやき》　イ　夏羽織《なつばおり》　ウ　蠅《はえ》叩《たたき》　エ　露天風呂《ろてんぶろ》

10　（　　　）の袋《ふくろ》の中《なか》の広《ひろ》さかな　中村千久

ア　玉《たま》葱《ねぎ》　イ　年《とし》玉《だま》　ウ　蜂《はち》の巣《す》　エ　鬼灯《ほおずき》

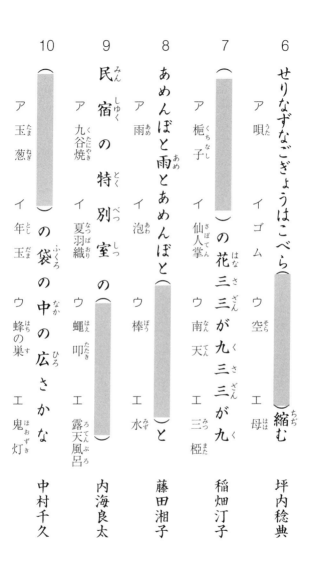

【ヒント】

1　「西口東口」があるものと言えばこれしかありませんね。
2　ジブリ作品『魔女の宅急便』にも登場しますよ。
3　宇宙戦艦の方ではありません。
4　古代の古墳の中でもひときわ大きく立派なものが詠み込まれた句です。
5　さくらんぼが大好きな幼子はまだカタコトのおしゃべりしか出来ないのですね。
6　「縮む」と言われると、なるほどなと思います。いつまでもお元気で！
7　数字遊びのような句といった感じがしますね。
8　梅雨時の雨が降り続く様子を技巧を凝らして詠んでいます。
9　特別室とはいうものの、それは民宿の特別室ですから。
10　お盆の頃になるとスーパーや店先で見かけるものですよ。

1　ア　駅　季語は「しぐれ（＝時雨）」で、冬の初めに降る通り雨のことです。作者の安住《あずみ》敦《あつし》はそれを「しぐるるや」と動詞にして使っています。背景にある駅は、東急東横線の「田園調布駅」だと言われます。中世ヨーロッパの民家をモチーフにしたお洒落な建物。西口には道が放射状に設計された高級住宅街が広がり、東口は庶民の街になっています。

2 ア　黒猫　どこかおとぎ話の中にあるような情景が浮かんできませんか？　季語は「月夜」で秋です。一年のうちでも月が一番美しいと言われる季節。ここは満月をイメージしたいところです。キラキラと光り輝く月光の中を、猫の子がぞろぞろと列を作って歩いているのです。その猫も「黒猫」であるところがいいですね。童画を見るような一句になりました。

3 ウ　大和　中七下五がカタカナばかりという川崎展宏《てんこう》の俳句です。「ヨモツヒラサカ」（＝黄泉比良坂）というのはあの世とこの世の境にある坂のことです。太平洋戦争末期に沖縄へ海上特攻を敢行して九州の南の海に沈められた戦艦大和とそこに眠る乗員に思いを馳せた句です。「ここにも菫が咲いたぞ」と。それを海底から打電された電信文の形をとって詠んだのです。

4 イ　後円　作者の鷹羽狩行は、俳句結社「狩」を主宰した現代俳句界の重鎮です。これまでに十八冊の句集があります。狩行俳句はウィットの利いたところがその特色の一つです。掲句も鶯の鳴き声が聞こえる「前方後円墳」のある広野で詠まれました。「前方に」「後円に」と表現して、あちらにもこちらにも聞こえる鶯の鳴き声を楽しませてくれます。

5 エ　語学力　　作者は、伝統俳句とは一線を画する句を作ります。それを知ると、掲句のおおらかな詠みぶりが分かると思います。小さな子どもはさくらんぼが大好きですね。大好きな果物を食べて大満足なのですが、それを言葉では上手に表現出来ないのです。「笑で補ふ語学力」という捉え方が、おもしろくもあり、新しくもありということです。

6 エ　母　　作者の坪内稔典は「ネンテンさん」と親しまれています。代表句に〈三月の甘納豆のうふふふふ〉があり、これは国語の教科書にも載っています。とにかく俳句で遊ぶ名人です。掲句の上五中七の平仮名部分は春の七草の裁ち入れ。お正月に七草粥を作ってくれたお母さんも高齢となりました。「母縮む」とダメ押しをした一句のリズムがおもしろいですね。

7 エ　三椏　　樹皮が和紙の原料となる「三椏」は、枝が三つに分かれるところからその名が付きました。春先になると、枝の先に黄色い花が咲きます。これを見た作者は思わず九九を口ずさんだとか。奇を衒ったものではない写生の句と作者は言っていますが、どこかおもしろい。汀《てい》子《こ》は俳人・高濱年尾の娘で虚子の孫に当たります。

8 ア 雨　梅雨時の池に降る雨、水面をツイツイと動くあめんぼの様子を詠んでいます。五七五の定型でないことは一目瞭然です。「あめんぼと雨と」という八音のフレーズを重ねた十六音の破調の句です。一音足りないのですが、この一音の不足によって、さらに「あめんぼと雨と」につながってゆくような気配を感じませんか。技巧を凝らしたおもしろい俳句です。

9 ウ 蠅叩　作者の内海良太は、私が所属する俳句結社「万象」の三代目主宰で現・名誉主宰です。写生に基づく手堅い句づくりをしますが、掲句のように遊び心もたっぷりです。民宿に泊まった作者、しかもそれが「特別室」というのですから、どんなサービスがあるかと思うのが人情ですね。果たしてそのサービスはというと、「蠅叩」だった。微苦笑を誘う一句です。

10 エ 鬼灯　恐縮ながら私の句です。前にご紹介した良太さんの許で俳句を楽しんでいます。お盆の頃になると、店先に鬼灯を見かけるようになります。ご先祖様の道案内の灯なのだとか。あの橙色の袋の中には小さな実が付いていますが、それにしては袋が大き過ぎます。次の瞬間、作者自身が袋の中にワープして、中の広さを見回していたというわけです。変な句です。

鷹羽狩行の俳句

1 蓮根掘《はすねほり》（　　　）の杖《つえ》を摑《つか》み出《だ》す

ア 一茶《いっさ》　イ 古代《こだい》　ウ 遍路《へんろ》　エ モーゼ

2 摩天楼《まてんろう》より新緑《しんりょく》が（　　　）ほど

ア サラダ　イ パセリ　ウ 光《ひか》る　エ 見《み》えぬ

3 落椿《おちつばき》われならば（　　　）へ落《お》つ

ア 急流《きゅうりゅう》　イ 滝壺《たきつぼ》　ウ 坪庭《つぼにわ》　エ 奈落《ならく》

4 来世《らいせ》には（　　　）になれよ登山馬《とざんうま》

ア 阿修羅《あしゅら》　イ 麒麟《きりん》　ウ 天馬《てんば》　エ 白馬《はくば》

5 みちのくの（　　　）入《い》り氷柱《つらら》われに呉《く》れよ

ア 泡《あわ》　イ 草《くさ》　ウ 珠《たま》　エ 星《ほし》

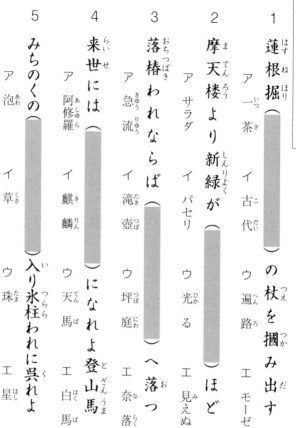

6　蛇《へび》よりも（　　　　）棒《ぼう》の迅《と》き流《なが》れ

ア　殺《あや》めし　イ　消《き》えゆく　ウ　光《ひか》りし　エ　曲《まが》りし

7　縫《ぬ》い初《ぞ》めの針《はり》箱《ばこ》母《はは》の（　　　　）

ア　貴重品《きちょうひん》　イ　宝物《たからもの》　ウ　玉手箱《たまてばこ》　エ　古道具《ふるどうぐ》

8　銀《ぎん》のときはた金《きん》のとき（　　　　）

ア　風光《かぜひか》る　イ　沈丁花《じんちょうげ》　ウ　芒《すすき》原《はら》　エ　鳥帰《とりかえ》る

9　利休忌《りきゅうき》や（　　　　）うつくしき京畳《きょうだたみ》

ア　色《いろ》　イ　影《かげ》　ウ　香《か》の　エ　縁《へり》

10　とつくんのあと（　　　　）と今年酒《ことしざけ》

ア　ぐびぐび　イ　ころころ　ウ　さらさら　エ　とくとく

【ヒント】

1　この杖、長くて先が丸まったものとして描かれるものです。
2　高層ビルから見下ろした初夏の公園をイメージしてみましょう。
3　新進気鋭の俳人として世間に認められた作者の心意気が詠まれていますよ。
4　もくもくと重労働をする動物への作者の優しい眼差しが感じられます。
5　東北地方の家の軒先に下がる透き通った氷柱を思い描いてください。
6　流れていった「棒」はなにに使われたのかを想像してみましょう。
7　お母さんの針箱を詠んだ回想句。白い煙は出て来ませんでした。
8　晩秋の箱根・仙石原でこうした光景を目にしたことがあります。
9　柔道場の畳には、答となるものは付いていませんね。
10　大ぶりの徳利からお酒を注ぐときの音の変化を思い浮かべてみましょう。

1　エ　モーゼ　いつも楽しませてくれる鷹羽狩行の俳句を並べました。「蓮根掘る」が初冬の季語です。「モーゼ」は旧約聖書の登場人物で、奇跡を起こす彼の手には先の丸まった長い杖が握られていました。作者は泥田の中から蓮根掘が引き抜いた長い蓮根を、「モーゼの杖」だと捉えて詠みました。狩行俳句は空想の世界を自由自在に飛び回ります。

2 イ　パセリ　ニューヨークで詠まれた代表句の一つです。「摩天楼」は、一九七二年まではは世界一を誇ったエンパイアステートビルのこと。地上一〇二階から見下ろす下に、セントラルパークの新緑の森がありました。それが「パセリほど」に見えたという捉え方がユニークですね。高所恐怖症の人だとお尻の辺りがムズムズしてきそうな一句です。

3 ア　急流　池の端にある大きな椿の木からポトリと落ちた椿の花が淀みに浮かんでいるのです。それは赤い花だと思いたいところ。しかし作者はそんなのはいやなのです。「われならば急流へ落つ」、ここに新進気鋭の俳人として注目された作者の、闘志あふれる思いを感じます。安住は望まない！　急流に流され、揉まれ、そしてそれに抗おうという、そんな決意の一句。

4 ウ　天馬　「登山」が夏の季語です。掲句は観光客を乗せて馬車を引く馬なのか、重い荷物を積んだ馬車を引く馬なのか。いずれにしても、この「登山馬」に寄せる作者の目は温かです。生まれ変わったら、今度は天馬になれよ！　天馬は背中に翼を持つペガサスですね。天馬になって、この夏空を思い切り飛び回れ！　作者は重労働を強いられる馬を優しく見つめます。

5　エ　星　山形県生まれの作者ですから、掲句の「みちのくの」からは、借り物ではない、古里への思いが伝わってきます。北国の冬、静かに張り詰めた空にはキラキラと、チラチラと星が散りばめられていることでしょう。地上にある家々の軒先には、透き通った氷柱が伸びています。氷柱の中に見える氷の結晶、それを「星入り氷柱」と詠んでいるのです。

6　ア　殺めし　蛇は嫌われる生き物ですね。『旧約聖書』ではアダムとイブをそそのかした邪悪な存在とされています。河原で見つかった蛇は、棒で滅多打ちにされたのです。殺された蛇は、棒といっしょに流れに放り捨てられました。棒はあっという間に流れましたが、まだ微かな命を遺していたかもしれない蛇は、ゆらゆらと流れていったのです。

7　ウ　玉手箱　知的でウィットの利いた句……狩行俳句をひと言でいうとこういうことになるかと思います。掲句は「縫初め」が新年の季語。年初めの縫物をするお母さんの姿を回想しての一句ですね。子どもだった頃の作者がのぞいたお母さんの針箱。そこには裁縫道具だけでなくいろいろなものが入っていたのです。作者の目にはそれが「玉手箱」のように見えたのです。

8　ウ　芒原　掲句に使われている「はた」が難しかったかもしれませんね。正しくは「はたまた（＝将又）」で、「あるいは」「なおまた」という意味。つまり、銀色の時があるかと思えば、金色の時もある、ということです。箱根仙石原の広いすすき原を思い浮かべました。秋日差のなかで風に揺れる一面の芒原が美しく詠まれています。

9　エ　縁　安土桃山時代に茶道を大成した千利休の生涯は、小説にもなり映画にもなりました。仕えていた豊臣秀吉の怒りに触れて切腹させられたのが、天正十九年（一五九一）二月二十八日で、この日を「利休忌」としています。この忌日に合わせて、茶室にも設えられていたであろう「京畳」を詠みました。「縁うつくしき」としたところが、写生の利いた俳人の眼です。

10　エ　とくとく　その年の秋にとれた米で造られる新酒を「今年酒」という秋の季語としています。掲句ではやや大ぶりの徳利に入った酒を楽しもうという気分です。徳利を傾けると、口まで詰まった酒が酒器に零れ落ちます。それが「とつくん」。あとは流れ落ちるように「とくとくと」ということになるのです。オノマトペを見事に効かせた一句になりました。

黛《まゆずみ》まどかの俳句

1　先《せん》輩《ぱい》の（　　　　）を貰《もら》ふ花《はな》の下《した》

ア　キッス　イ　写《しゃ》真《しん》　ウ　手《て》紙《がみ》　エ　ボタン

2　会《あ》ひたくて逢《あ》ひたくて踏《ふ》む（　　　　）

ア　薄《うす》氷《ごおり》　イ　草《くさ》紅《もみ》葉《じ》　ウ　竹《たけ》落《おち》葉《ば》　エ　春《はる》の水《みず》

3　（　　　　）の囁《ささや》き合《あ》へる朧《おぼろ》かな

ア　川《かわ》音《おと》　イ　仔《こ》猫《ねこ》ら　ウ　母《はは》と子《こ》　エ　マネキン

4　（　　　　）選《えら》ぶいつしか彼《かれ》の眼《め》となつて

ア　風《かざ》車《ぐるま》　イ　氷《こおり》水《みず》　ウ　福《ふく》達《だる》磨《ま》　エ　水《みず》着《ぎ》

5　兄《あに》以《い》上《じょう》（　　　　）未《み》満《まん》掻《かき》氷《ごおり》

ア　恋《こい》人《びと》　イ　父《ちち》親《おや》　ウ　同《どう》僚《りょう》　エ　友《とも》達《だち》

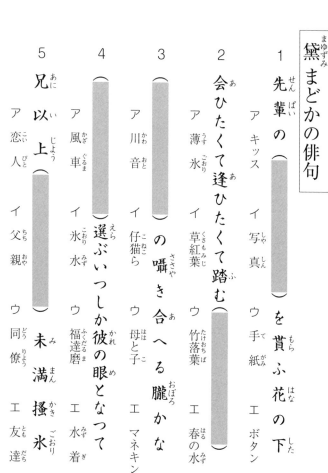

6 旅《たび》終《お》へてより（　　）の夏休《なつやすみ》

ア インスタ　イ 思《おも》ひ出《で》　ウ B面《めん》　エ ふたたび

7 初《はつ》夢《ゆめ》に（　　）の馬《ば》車《しゃ》の現《あらわ》れず

ア 異《い》国《こく》　イ かぼちゃ　ウ ガラス　エ 小《こ》人《びと》

8 （　　）の二《に》文《も》字《じ》を嫌《きら》ひ髪《かみ》洗《あら》ふ

ア 足《あし》跡《あと》　イ 人《ひと》妻《づま》　ウ 貧《びん》乏《ぼう》　エ 平《へい》凡《ぼん》

9 しばらくは（　　）含《ふふ》むさくらんぼ

ア 隠《かく》して　イ 眺《なが》めて　ウ 濡《ぬ》らして　エ 揺《ゆ》らして

10 夏《なつ》惜《お》しむ（　　）に耳《みみ》押《お》し当《あ》てて

ア 貝《かい》殻《がら》　イ 木《き》の幹《みき》　ウ 手《て》のひら　エ ハンカチ

【ヒント】

1 句の中に登場する先輩は学ランを着た男子高校生のようです。
2 大好きな人に会いたい、逢いたい。そんな思いを何にぶつければいいのでしょう。
3 夜更けのショッピングモールのウィンドウの中をイメージしてみては？
4 作者には彼とどこかへ遊びに行く予定があるようです。
5 北海道のお土産に「白い〇〇」というお菓子がありますね。
6 ＣＤにはありませんが、レコード盤にあったものです。
7 漢字ならば「南瓜」と書きます。
8 情熱的な恋をした作者は、人と同じなのは嫌なのですよ。
9 二本の茎の先に付いたさくらんぼです。あなたならどうしますか？
10 これを耳に当てると、確かに海鳴りのような音が聞こえてきますね。

1 エ ボタン　この句の季語は「花」です。俳句では、ただ「花」と言えば「桜」のことになります。掲句は桜の花の下での出来事を詠んだものですね。三月半ば頃、そうです、卒業シーズンなのですよ。句の中にある「先輩」は、作者の高校時代の年上の男子生徒らしい。その昔は、好きな男子生徒の制服のボタンを卒業のときに記念に貰ったりしたのです。

2　ア　薄氷　「薄氷」が初春の季語で、「うすらひ」とも読みます。この季語には、淡くはかない情感があります。作者には大好きな人がいます。けれどもその人はなかなか気づいてくれません。作者はただ「会う」のではなく、「逢う」ことを、巡り合うことを願っているのです。そんなじりじりとした思いを、薄氷を踏みつぶすことで晴らしているようです。

3　エ　マネキン　「朧」が春の季語です。ぼんやりと霞んだ夜の気配は情緒的で官能的です。そんな朧夜に「囁き合へる」と詠まれたのがマネキン。ウィンドウの中がうっすらと灯されているブティックのようなところが想像出来ますね。いくつも並んだマネキンたちが、春の夜闇の中で何かをささやき合っているという、この感受性も作者の持ち味ですね。

4　エ　水着　ここではもちろん「水着」が夏の季語です。デパートの売場で、この夏に着る新しい水着を選んでいる作者。これにしようかあれにしようか、なかなか決まりません。夏の海へいっしょに出かけるかもしれない恋人はどれを気に入ってくれるだろうか。そう思ったとき、水着姿を見つめている彼の視線を共有している自分に気づいたのです。上手い表現ですね。

5　ア　恋人　作者は憎からず思っている彼といっしょに「掻氷」を食べているのです。かき氷というところにどこかさりげない感じがあります。年上の彼は「兄以上」の存在、つまり肉親とは違うものだとしています。けれどもその彼はまだ「恋人」と呼ぶには早い、それが「恋人未満」という言葉で表されています。漢字ばかりで仕立てられたウィットの効いた句です。

6　ウ　B面　平成六年（一九九四）に出版されて衝撃を与えた処女句集『B面の夏』の題名となった句。許されない恋、短命のうちに終わりを迎えた恋を、切々と詠んだ作品集です。昭和の時代のレコードの裏面が「B面」です。華やかなA面に隠れた存在。「旅終へて」の「旅」は作者の「恋」の暗喩です。激しい恋が終わったときの思いを、この一句に籠めています。

7　イ　かぼちゃ　熱情の火花を散らした恋の最中には、夢の中でも恋をしていたという作者です。その年の吉兆を占うことが出来るとされる「初夢」。期待したその初夢には、シンデレラをお城の舞踏会に連れていって王子様に出会わせてくれたあの「かぼちゃ」の馬車は現れなかったと詠みました。メルヘンチックで、どこか切ない一句になっていますね。

8　エ　平凡　この句の季語は「髪洗ふ」で夏。汗をかく季節、殊に女性にとっては髪の手入れは欠かせない季節です。「髪は女性の命」とも言われますから、この季語には男連中には分からない特別の思い入れがあることかと思います。恋する作者は、他人と同じなのは嫌なのですね。「平凡」の二文字を洗い流しているような、そんな気分が感じられる一句です。

9　エ　揺らして　黒みを帯びたアメリカンチェリーから、一箱ン千円という高級なものまである「さくらんぼ」が夏の季語です。一句に詠まれたものは、二本の茎に付いた二つの実だと思いたいところです。彼と私、私と彼……二人の間にある気持ちを思いながら揺らしてみる。口に含む前に、ふとそんなことをしてみるのも、作者が恋をしていたからなのでしょう。

10　ア　貝殻　多才な芸術家だったフランスの詩人ジャン・コクトー。彼に『耳』という短詩があります。〈私の耳は貝のから　海の響をなつかしむ〉（堀口大學訳）掲句がこの詩をモチーフにしたことは明らかですね。恋人と過ごした夏の海での思い出、打ち寄せる波の音、海鳥の鳴き声、そして彼の声。巻貝の殻を耳に当てると、さまざまな音がうねるように聞こえてくるのです。

忌日を詠んだ俳句

1　松籟《しょうらい》の（　　　）ぶりかな実朝《さねとも》忌《き》　石田波郷

ア　大臣《おとど》　イ　相模《さがみ》　ウ　久《ひさ》し　エ　武蔵《むさし》

2　花《はな》あれば（　　　）の日《ひ》とおもふべし　角川源義

ア　西行《さいぎょう》　イ　俊成《しゅんぜい》　ウ　業平《なりひら》　エ　良寛《りょうかん》

3　（　　　）に都会《とかい》は固《かた》し啄木《たくぼく》忌《き》　秋元不死男

ア　靴裏《くつうら》　イ　雑踏《ざっとう》　ウ　白梅《しらうめ》　エ　降《ふ》る雪《ゆき》

4　レッスンの（　　　）よくあがる荷風《かふう》の忌《き》　中原道夫

ア　脚《あし》　イ　影《かげ》　ウ　首《くび》　エ　肘《ひじ》

5　（　　　）のこと伝《つた》はらず業平《なりひら》忌《き》　能村登四郎

ア　色恋《いろこい》　イ　生《お》ひ立《た》ち　ウ　面影《おもかげ》　エ　老残《ろうざん》

6　太宰忌《だざいき》の身《み》を越《こ》す草《くさ》に（　　）の音《おと》　飯田龍太

ア　雨《あめ》　イ　海《うみ》　ウ　風《かぜ》　エ　街《まち》

7　河童忌《かっぱき》の夜《よ》を（　　）のほしいまま　飛高隆夫

ア　雨音《あまおと》　イ　稲妻《いなづま》　ウ　海鳴《うみな》り　エ　川風《かわかぜ》

8　いつも忌《き》に（　　）の子規《しき》老《お》いし子規《しき》　山口誓子

ア　僧形《そうぎょう》　イ　童顔《どうがん》　ウ　病床《びょうしょう》　エ　横顔《よこがお》

9　道《みち》のべに（　　）菊《きく》も翁《おきな》の日《ひ》　富安風生

ア　時雨《しぐ》るる　イ　しをるる　ウ　手折《たお》りし　エ　乱《みだ》るる

10　あらひたる（　　）立《た》てかけ一葉忌《いちようき》　久保田万太郎

ア　小皿《こざら》　イ　障子《しょうじ》　ウ　戸板《といた》　エ　梯子《はしご》

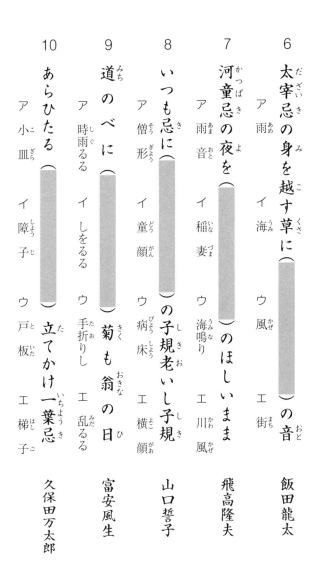

【ヒント】

1 大河ドラマ『鎌倉殿の13人』の舞台となった関東地方南部の古い地名は？
2 桜の花の下で死にたいと願ったとされる歌人です。
3 駅中に「リペア」といった看板のある店で修理してもらうアレです。ルブタンのそれは赤い色。
4 掲句に詠まれているのは、バレエやダンスのレッスンのようですよ。
5 小町と業平と言えば美男美女の代表。小町は老いさらばえたと伝わりますが。
6 太宰治が玉川上水で入水自殺したのは梅雨時のことでした。
7 「河童忌」は一年で一番暑い頃、夜になると大気が不安定になりますね。
8 教科書にも載っている子規の写真を思い出してみてください。
9 「翁」は芭蕉のことです。季節は初冬を迎えているのです。
10 「壁に耳あり○○に目あり」というアレです。

1 エ 武蔵　鎌倉幕府三代将軍 源実朝《みなもとのさねとも》の忌日は陰暦一月二十七日。武人でありながら、和歌を嗜む教養人で『金槐《きんかい》和歌集』を遺しています。〈大海《おおうみ》の磯もとどろに寄する波われて砕けてさけて散るかも〉など、益荒男振《ますらおぶ》りと言われる万葉調の歌を詠みました。掲句は、実朝忌に聞いた松林を渡る風音に、颯爽たる東国武者の雄姿を思って「武蔵ぶり」と詠んだのです。

2　ア　西行　これは格調高い俳句ですね。作者は角川書店の創業者で、自身も国文学者で俳人です。掲句にある「西行」は平安時代後期の人。院御所に詰める武士でしたが、出家してたくさんの和歌を詠みました。〈願はくは花の下にて春死なむそのきさらぎの望月の頃〉と詠み、陰暦二月十六日に最期を迎えました。歳時記にある西行忌は二月十五日。

3　ア　靴裏　〈はたらけど／はたらけど猶わが生活《くらし》楽にならざり／ぢつと手を見る〉石川啄木の代表作の一つです。生活破綻者とも言われますが、天才歌人だったことは確かです。岩手県生まれの啄木の東京での生活は「靴裏に都会は固し」と詠まれるように、決して思い通りにゆくものではありませんでした。僅か二十六歳で亡くなりました。忌日は四月十三日。

4　ア　脚　『濹東綺譚』『ふらんす物語』『おかめ笹』など多くの著作で知られる永井荷風《かふう》は、慶應義塾大学教授から小説家に転身しました。独身生活のなか、向島や浅草の花街を癒しの場所としていました。掲句は、荷風が浅草で親しんだストリップ・ダンサーたちのレッスン風景を一句に詠み込んだ気配です。さまざまな逸話に事欠かない荷風でした。忌日は四月三十日。

5　エ　老残　王朝期の美女の代表が小野小町ならば、美男の代表は在原業平《ありわらのなりひら》ということになります。『伊勢物語』の作者とも言われています。業平は五十六歳で亡くなったとされます。掲句は、業平には老いさらばえてからの記録がないと言うのです。老いて落魄の身となったことがあれこれ語られる美女の代表と引き比べたのかもしれませんね。忌日は陰暦五月二十八日。

6　ア　雨　『富嶽百景』『人間失格』『ヴィヨンの妻』と、実に多くの小説を遺した太宰治。昭和二十三年六月十三日に、梅雨時の雨で増水した玉川上水で愛人と入水自殺をしたことはあまりにも有名ですね。掲句はその現場を思い描いたものかと思います。遺体発見は十九日、奇しくも太宰の誕生日でした。毎年この日に、三鷹の禅林寺で「桜桃忌」の法要が執り行われます。

7　イ　稲妻　「河童忌」は昭和二年七月二十四日、「ぼんやりした不安」という言葉を遺して自殺した小説家・芥川龍之介の忌日です。掲句の作者は私の師です。この日は大暑。夜になって大気が不安定になり雷雨になりました。夜空を切り裂く稲妻は、漱石に激賞されて文壇に登場して次々に光り輝く名作を生みだした作家自身の生とダブって見えるような気がします。

8　エ　横顔　九月十九日の子規忌を詠んだ句です。子規の写真というと、教科書にも載っているあの坊主頭の横顔のものが有名ですね。亡くなる約二年前に撮られたものだそうです。掲句は「老いし子規」とも詠んでいますが、このときはまだ三十代前半。しかし、晩年の肖像ですから、やせ衰えた子規の写真にはどうしてもそうした印象が拭えないのです。

9　ア　時雨るる　俳句で「翁」と言えば松尾芭蕉のこと。元禄七年（一六九四）陰暦十月十二日に、弟子たちに看取られて旅先の大坂で亡くなりました。「芭蕉忌」「桃青忌」とも呼ばれます。〈道のべの木槿は馬にくはれけり〉〈初しぐれ猿も小蓑をほしげ也〉という芭蕉の句を匂わせて、俳聖を偲んだ一句。「時雨」「菊」も季語ですが、忌日の句は季重なりを許します。

10　イ　障子　「一葉忌」は、貧しい生活の中から、『たけくらべ』『にごりえ』『十三夜』などの名作を世に送り出し、二十四歳で夭折した明治の女流作家・樋口一葉の忌日。十一月二十三日、勤労感謝の日というのがなんとも皮肉です。作者の万太郎は、年の瀬に障子を張り替えるために洗い干しをしてある障子の桟を目にして、薄幸の作家の生活を思い浮かべたのでしょう。

中村千久の俳句

1　ただいまと転《ころ》がる（　　　）や春《はる》の泥《どろ》

ア　靴《くつ》　イ　声《こえ》　ウ　鈴《すず》　エ　膝《ひざ》

2　六《ろく》月《がつ》の硝《が》子《らす》小《こ》皿《ざら》の（　　　）

ア　笹団子《ささだんご》　イ　塩煎餅《しおせんべい》　ウ　薄荷飴《はっかあめ》　エ　ビスケット

3　夏《なつ》旺《さか》ん女《おんな》に美《は》しき（　　　）

ア　アキレス腱《けん》　イ　イヤリング　ウ　薄化粧《うすげしょう》　エ　ハイヒール

4　海峡《かいきょう》を（　　　）の絵《え》のいわし雲《ぐも》

ア　光琳《こうりん》　イ　セザンヌ　ウ　雪舟《せっしゅう》　エ　北斎《ほくさい》

5　あげはてふ（　　　）乗《の》りかへて乗《の》りかへて

ア　風《かぜ》　イ　雲《くも》　ウ　花《はな》　エ　屋《や》根《ね》

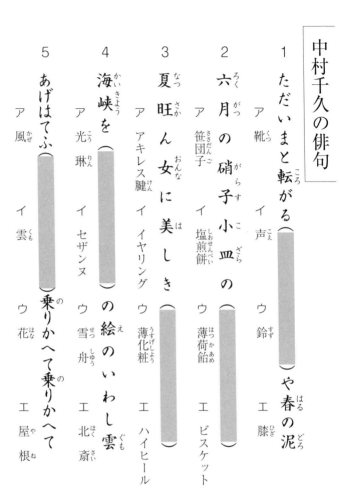

6

坪《つぼ》庭《にわ》に（　　）ほどの秋《あき》の風《かぜ》

ア　悲《かな》しき　イ　ささやく　ウ　坪《つぼ》庭《にわ》　エ　指《ゆび》先《さき》

7

燈《とう》火《か》親《した》し（　　）に一《ひと》つ埋《う》まらぬ穴《あな》

ア　垣《かき》根《ね》　イ　障《しょう》子《じ》　ウ　パズル　エ　闇《やみ》夜《よ》

8

青《あお》空《ぞら》に青《あお》の（　　）枯《かれ》野《の》かな

ア　色《いろ》無《な》き　イ　失《う》せゆく　ウ　きはまる　エ　遠《とお》のく

9

（　　）と冬《ふゆ》の噴《ふん》水《すい》吹《ふ》かれをり

ア　からから　イ　はればれ　ウ　ふらふら　エ　りんりん

10

裸《はだか》木《ぎ》に（　　）の灯《とも》りけり

ア　一番星《いちばんぼし》　イ　テールランプ　ウ　ネオンサイン　エ　街《まち》の灯《あかり》

【ヒント】

1 「ちゃんと揃えなさいッ！」なんて野暮は言いっこなしですよ。
2 口に入れるとすーっとします。
3 トロイ戦争で活躍したギリシャの英雄にちなむものです。
4 『富嶽三十六景』の作者は誰でしたか？
5 「空っ◯」「隙間◯」「つむじ◯」「臆病◯」に共通する一語は？
6 小さな庭に小さな秋の風が吹きました。
7 「ジグソー」とか「ナンクロ」とか、いろいろありますね。
8 これ以上の青はない！　そんな気持ちでした。
9 天気のいい冬の日に見た噴水は気持ちの◯◯◯◯するものでした。
10 「宵の明星」と呼ばれたりもしますね。

1 ア 靴 「ただいま〜」と元気に帰ってきた我が家の子どもです。玄関には脱がれたままの靴が転がっています。元気な子どもは靴を揃えたりしないのです。その靴には、水気を含んだ「春の泥」がいっぱいついています。校庭か野原か公園か、友だちと楽しく遊んできた様子を、靴に残った「春の泥」が教えてくれました。

2 ウ　薄荷飴　俳句を始めたばかりの頃に出来た句です。職場での会議の席に出された透き通った薄荷飴は、ミントの清涼感もあって涼しげでした。それを頭の中で、透明な硝子小皿の上に置いてみたのです。〈六月を奇麗な風の吹くことよ　子規〉という句も浮かんだりして、「六月」の涼し気な感じを詠んでみました。第一句集『薄荷飴』の題名はこの句から。

3 ア　アキレス腱　夏になると女性は素足にサンダルを履くことが多くなりますね。近頃ではミュールというお洒落なものが見られます。地下鉄の階段を上がっていると、目の前をゆく女の人の足もとが嫌でも目に入ります。そしてこの時の女性の「アキレス腱」、きゅっと締まっていて実に美しくて惚れ惚れしました。「夏旺ん」の季語はためらいなくやってきました。

4 エ　北斎　ある夏のこと、青森県弘前のねぷたを見てから、津軽半島の突端まで足を延ばしました。掲句が詠んでいる津軽海峡の空には、秋の訪れを告げる鰯雲が広がっていたのです。それを見たとき、葛飾北斎のあの有名な『凱風快晴』に描かれた空が浮かびました。細かな白い欠片《かけら》を列ねたような雲は、少しずつ北の大地へ動いていくようでした。

5　ア　風　　花から花へと飛び回る春の蝶とは違って、夏の蝶は激しく動き回りますね。そんな夏の蝶を代表するのが「揚羽蝶」ということになります。旅先の駅のホームで目にした夏蝶はそれは目まぐるしく飛び回っていました。それを見ていると、まるで風を乗り換えながらどんどんと虚空に消えてゆくような感じがしました。

6　ウ　坪庭　　京都が好きです。四季折々、何度訪ねても飽きることのない街です。「坪庭」というのは家の中に造られた小さな中庭ですね。京都の町家にはよくこれを見かけます。この時に入った昔ながらの喫茶店にも「坪庭」がありました。軒先には風鈴がかかっていて、小さな音色を響かせていました。季節は秋に変わる頃。小さな風が吹いていたのです。

7　ウ　パズル　　気持ちのいい秋の夜長に本を読んだりして過ごすのが、「燈火親しむ」ということですね。この時の私は、ちょっと厄介な英語のクロスワードパズルに熱くなっていたのです。ほとんど完成間近なのに、どうしても一つの穴が埋まりません。下五を「埋まらぬ穴」と敢えて六音の破調にしたのは、未完成であるという気分を残したかったから。

8　ウ　きはまる　俳句をやるようになると、それまでは気にも留めなかった空の色までが気になるようになったりするものです。空の青さも四季折々で違います。「枯野」の上に広がっているのは冬の青空です。地上に色どりがなくなるからでしょうか。冬空の青は、これ以上はないというほどの極上の青色を見せてくれました。「青のきはまる」はそういうことです。

9　イ　はればれ　ただ「噴水」というと夏の季語になりますが、掲句が詠んだのは「冬の噴水」です。冬晴の空の下で冷たい北風に曝されながら、それでも噴水は勢いよく水を噴き上げていました。そのときに感じたのは「はればれ」とした気分です。「はればれ」「ふゆ」「ふんすい」「ふかれ」と、ハ行の音を繰り返してこの時の気分を表そうと思いました。

10　ア　一番星　冬になって葉っぱを落とした木のことを「裸木《はだかぎ》」と言います。冬の夕方の帰宅途中、いつもの公園の木はすっかり葉を落として、冬夕焼をバックに枝が切り絵のように浮かんでいます。その枝の遥か向こうには「一番星」、宵の明星が出ています。キラキラと輝く星は、裸になった木の枝に灯る小さなランプのように見えました。

＊俳句の仮名遣い等の表記は、参照した出典に拠りました。
＊設問の俳句の漢字にはすべてルビを付しています。現代仮名遣いの俳句と、旧仮名遣いの俳句とありますが、ルビはすべて現代仮名遣いにしました。ただしルビに拗促音は用いていません。
＊解説文中の「季語」の仮名遣いは、設問の俳句の仮名遣いに揃えました。
＊一句のなかで季節を表わす語を、本書では便宜上「季語」と通して呼んでいますが、『ホトトギス』では「季題」と呼んでいますのでご留意ください。
＊前書きは、句の下に括弧書きで示しました。

おわりに

この本には三〇〇句余りの俳句を載せました。その中から、「これが好き！」という作品がみつかりましたか？　一人ひとりの個性豊かな俳人の中に、あなたのお気に入りの作家をみつけることが出来ましたか？

この本を読んで、もしもあなたが俳句を始めようと思ってくれたなら、とてもうれしいことです。歳時記を手許に置いて、四季折々の身の回りの世界を五七五の言葉に紡いでゆくことで、これまでには気づかなかった世界が開けてくること請け合いです。

あなたの俳句が出来たらどうしますか？　新聞や雑誌に投句をしてみるのも

一つの方法ですね。けれども、この本を読み終えたあなたならもうお気づきのことと思いますが、俳句は「座の文芸」と言われていて、一人でやるものではありません。いつの時代でも、何人かが集まって、目の前にある俳句をあれこれあれこれ言い合いながら、みんなで遊ぶもの、それが俳句です。

私も「万象」という俳句結社（秘密結社にあらず！）に所属しながら、句会に出たりして楽しんでいます。老若男女を問わない人との出会いやつながりが生まれるのも、俳句ならではのものだと思います。

私が「句会」が好きな理由は、それがとても「民主的な場」だということです。参加者全員が匿名で自分の作品を提出して、それぞれが、「これはいい！」という句を選ぶわけです。ン十年も俳句をやっているベテランの作品がまるで見向きもされないこともありますし、つい最近始めたばかりという初心者の作品が高評価を得ることもあります。忖度抜き！　そこが俳句の大きな魅力の一つだと思います。

そしてさらに、俳句にはこれが正解、これがゴールというものがないのです。自分の俳句もどんどん変わり、成長してゆきます。そしてさらにさらに、紙とペンさえあれば、スマホがひとつあれば、いつでもどこでも俳句を作ることが出来るのです。

この本を読んでくださった皆さんの中から、新しい俳人が誕生することを楽しみにしています。

令和五年七月

中村千久

著者略歴

中村千久（なかむら・せんきゅう）
本名　光宏（みつひろ）

昭和26年（1951）　東京都港区青山に生まれる
昭和45年（1970）　長野県長野高等学校卒業
昭和49年（1974）　上智大学外国語学部英語学科卒業
都内の私立女子中高に英語教員として就職
平成５年（1993）　「風」の系列誌「堅香子」入会
平成17年（2005）　「万象」入会
平成31年（2019）　45年間の教職生活を退く
令和４年（2022）　「万象」編集長
俳人協会会員

著　　書　『含羞の抒情――飛高隆夫の俳句宇宙』
句集『薄荷飴』

現 住 所　〒353－0006　埼玉県志木市館2－1－5－502
「万象」俳句会HP　www.bansyo.com
「万象」発行所　〒168－0072
東京都杉並区高井戸東1－31－6－603

俳句《はいく》と遊《あそ》ぼう

令和五年八月三十一日　第一刷発行
令和五年十月十六日　第二刷発行
著　者　中村千久
発行者　姜　琪　東
発行所　株式会社　文學の森
〒一六九−〇〇七五
東京都新宿区高田馬場二−一−二　田島ビル八階
tel 03-5292-9188　fax 03-5292-9199
e-mail　mori@bungak.com
ホームページ　http://www.bungak.com
印刷・製本　大村印刷株式会社

ISBN978-4-86737-045-2　C0295